掌中書 027

文學入門

顧仲彝 著

五南圖書出版公司 印行

學識新知・與眾共享

——單手可握，處處可讀

「眞正高明的人，就是能夠藉助別人智慧，來使自己不受蒙蔽。」蘇格拉底如是說。二千多年後培根更從積極面，點出「知識就是力量」。擁有知識，掌握世界，海闊天空！

可是：浩繁的長篇宏論，時間碎零，終不能卒讀。

或是：焠出的鏗鏘句句，字少不成書，只好窖藏。

於是：古有「巾箱本」，近有「袖珍書」。「巾箱」早成古代遺物；時下崇尚短露，已無「袖」可藏「珍」。

面對：微型資訊的浪潮中，唯獨「指掌」可用。一書在手，處處可讀。這就是「掌中書」的催生劑。極簡閱讀，走著瞧！

輯入：盡是學者專家的眞知灼見，時代的新知，兼及生活的智慧。

希望：爲知識分子、愛智大眾提供具有研閱價値的精心之作。在業餘飯後，舟車之間，感悟專家的智慧，享受閱讀的愉悅，提升自己的文化素養。

五南：願你在悠雅閒適中……

慢慢讀，細細想

「掌中書系列」出版例言

一、本系列之出版，旨在為廣大的知識分子、愛智大眾，提供知識類的小品，滿足所有的求知慾，使生活更加便利充實，並提升個人的一般素養。

二、本系列含括知識的各個層面，生活的方方面面。生活的、人文的、社科的、藝術的，以至於科普的、實務的，只要能傳揚知識、增廣見聞，足以提升生活品味、個人素養的，均輯列其中。

三、本系列各書內容著重知識性、實務性，兼及泛眾性、可讀性；避免過於深奧，以適合一般知識分子閱讀的為主。至於純學術性的、研究性的讀本，則不在本系列之內。自著或翻譯均宜。

四　本系列各書內容，力求言簡意賅、凝鍊有力。十萬字不再多，五萬字不嫌少。

五　爲求閱讀方便，本系列採單手可握的小開本。在快速生活節奏中，提供一份「單手可握，處處可讀」的袖珍版、口袋書。

六　本系列園地公開，人人可耕耘，歡迎知識菁英參與，提供智慧結晶，與眾共享。

叢書主編

二〇二三年一月一日

目次

第一章 緒 論

在商業繁盛、科學發達的現代，文學似乎已經失去了它的重要性；可是小說有讀者，戲劇有觀眾，新作家人才輩出，文藝刊物不斷的發行，這都足以證明文藝本身依然有它崇高的價值，始終有它的擁護者。如果以實用的眼光來估量文藝，絕對是錯誤的。

文藝是不分國界和時代的。《三國》[1]、《水滸》[2]、《紅樓》[3]、《西廂》[4]幾部的巨著，至今家喻戶曉；譯成他國文字之後，同樣受到國外愛好的文藝者的欣賞。莎士比亞[5]的劇本，不論在何處上演，都可吸引大量的觀眾；狄更斯[6]的小說描寫十九世紀英國社會的情形，能引起任何讀者的興趣。我們相信只要世界上有人類，有價值的文藝作品永遠可以傳誦不朽的。它們的受人歡迎，並不是因為具有詳實的記載（像《漢書》[7]裡記載三國的史實，要比演義可靠得多，但是讀正史的人遠不及讀演義之廣）。也不是因為它們包含政治、經濟或是其他的知識，可以當作教科書讀。清朝人寫的天文書，或是一冊十八世紀的電學書，現在還有幾個人要看？但唐詩、元曲卻至今傳頌不休，莎士比亞的戲曲至今扮演不絕。

一、文學為什麼會流傳？

文學既與記載事實的歷史不同，也與傳授知識的教科書迥異，那麼它的廣播流傳究竟是什麼緣故呢？我們可以分五點來說：

第一、文藝作品是反映時代，發揮人生見解的書

《水滸》不單是描寫宋代草莽英雄的事蹟，作者更從側面表示對朝廷腐敗、群小掌權的不滿，英雄無用武之地，只得迫而為寇。《紅樓夢》所告訴讀者的，不但是富貴人家的實況，而且代表清朝文人對於人生的一種消極觀念。莎翁的《馬克白》[8]，用蘇格蘭的史實來表達伊莉莎白時代的人生見解；狄更斯的《雙城記》[9]不只是敘述法國的革命，而是英國人對於法國革命的觀感。在每一部文藝作品裡，都可找到某一時代的縮影、某一種人生的哲理，所以你想知道清初貴族社會的情形，和文人的人生態度，只要去讀《紅樓夢》；你想明白十九世紀中葉英國社會的情形，和當時文人的人生觀，只要去讀薩克萊[10]的《紐康氏家傳》[11]就好了。

第二、愛讀故事是人類本能（instinct）的一種

原始人在穴居的時候，就喜歡聽人和巨妖搏鬥的故事。現在我們在爐旁，坐在沙發上看《魯賓遜漂流記》[12]，或是《老殘遊記》[13]，也覺得津津有味，古今中外可以說沒有一個人不愛聽故事的。由於這一個本能，我們喜讀文藝作品的興趣就被引起了。外國有一句諺語說：「故事可使小孩子停止遊戲，使老頭兒從屋角裡走出來。」史蒂文生[14]曾經說過：「一個人喜歡聽適合而且緊張的情節，是天生的欲望，正像喜歡吃肉的欲望一樣。」所以一個常讀文藝作品的人，覺得這世界裡永遠是新鮮的，可以找到許多有趣的朋友，選擇他自己喜歡過的生活。他可以到處去旅行，不用麻煩，也不用花錢，他絕不會感到生活無聊。如果想把一切要看的書看完，還覺得時光易逝、人生短促呢。

第三、文學不僅是快樂的源泉，並且是一切思想和理想的總匯

文藝作品是文人的智慧、經驗和情感的結晶，能使後學者獲得無數寶貴的經驗。近代文學更爲重要，因爲近代人的生活比過去複雜繁瑣，一個人絕不能親身去經歷各種不同的生活，但我們都希望在個人經驗之外，再得到一些旁人的經驗：「一物不

知，儒者之恥」這種好奇，求進步，明察過去，推想未來，永遠是好學者必具的精神。而這一個欲望只有在文學裡可以得到滿足，因爲文藝作品充滿了思想和經驗。傳授知識的書本是死的，文藝作品是活的；所以無論是生活的動態、個人的觀感，以及其他一切的教科書中所缺乏的，我們都可在文藝作品中發掘出來。

第四、文學是美藝中最容易接近的一種

美藝包括繪畫、雕刻、音樂等等。但這些都不容易接近。在外國，名畫都放在博物館或美術館；在中國，大多是私人收藏，越是好的書畫，越少公開展覽的機會。好的音樂會也不容易聽到，而且費用很貴。比較起來，只有「書」最容易得到。博物館、美術館、音樂會不是每一個人都有力量可以去的，但大多數的人都還能夠買一本書來讀。而我們從陶淵明[15]、李太白[16]、華滋華斯[17]、濟慈[18]等大詩人的作品裡所領略的美，無論是思想的或是文學的，正與在博物館中看到一幅名畫、一件古董，或是在音樂會裡聽到一首名曲，是同樣地發生美感的。

第五、文學能給予愛好寫作者一種寫作技術上的興趣和愉快

愛好文藝作品的人常是喜歡自我表白的，他們渴望能將自己的思想與情感用文字

表達出來；所以他們在讀名家作品的時候，就注意怎樣來表達，如何修飾詞句，如何發揮想像。他們有了研究以後，當他們自己開始寫作的時候，就知道怎麼運用技巧來產生一部好的作品。我們讀到前人好的作品，常會拍案叫絕，這是因為作者所說的，正是我們所要說的，而我們卻不知道應該怎樣說才好，說得出來也沒有這樣透澈；所以我們讀了一部小說，往往會感覺書中的人物是自己的反射，或是讀了一首抒情詩，好像發洩了胸中蘊藏的情緒，愛好寫作的人對於名家作品，一定下了一番深刻揣摩功夫的。

二、怎樣算是好文學？

文學的流傳既有上述必然的理由，那麼怎樣才算是好的文學呢？前人對「文學」曾經下過不少的定義，各有見解，莫衷一是；不過我們只要對文學有一個明確的概念，知道怎樣算得上是好的文藝作品就夠了。

文學絕不是以傳達知識為主；它僅僅只有一個目的，就是用眞的、美的文字來表現我們的思想和情緒。人們的性情和思想是不同的，所以每個讀者有他愛好的素材和崇拜的作家；一部好的文藝作品可以得到大多數人的讚美，卻不一定能夠使每一個讀者都能欣賞。陶淵明之沖淡、李太白之輕快、杜子美[19]之沉鬱、莎士比亞之練達、濟慈之美妙、拜倫[20]之奔放，各具妙旨，如果一定要問誰優誰劣，這可以使得批評家難於置答；因為除了作品的本身價值之外，讀者一定滲入主觀的感覺，結果自然是各人有各人的批評了。但好的文藝作品自有它不可磨滅的價值，我們歸納出下面兩點作為判斷的標準。

第一、好的作品都是能夠激動讀者的

這就是說：好的作品裡一定包含某種真實的情感，它在內容和外形兩方面都具有一種力量，使讀者發生真的、美的感覺。有至情的作品雖然只用幾個極平淡的字，我們讀了也會興起同感。那些「無病呻吟」的文章不過是字句的堆砌吧！人類不分老幼、不論賢愚，都是天生就有情感的；所以真情流露的作品，一定含有普遍性，只要人類的情感一天不消滅，它總能夠獲得它的讀者，因此也是含有永久性的。《紅樓夢》的描寫極盡細膩之能事，我們讀到大觀園由絢爛變為荒蕪，賈寶玉、林黛玉終致天人永隔，千古含恨，不禁無限淒涼湧上心頭。狄更斯將自身不幸的遭遇寫在《塊肉餘生記》[21]裡，我們讀到孤兒的痛苦，不禁一灑同情之淚。李太白的「舉頭望明月，低頭思故鄉」，至今還是遊子思鄉最好的抒寫。我們讀到格雷[22]的「The paths of glory lead but to the grave」頓起「時光須臾，人生如夢」之感。所以好的作品不論古今中外，都是能夠扣人心弦的。

第二、好的作品都是想像（imagination）豐富的

作者用「想像」來發揮他的情感和思想是最爲生動的，如果不用「想像」來開拓寫作的疆界，我們無論寫小說或詩歌，都要覺得非常枯澀了。富於想像，才能有所創造；這種「無中生有」的本領，全視作者的智慧和經驗而伸縮。「想像」的種類很多，有視覺的、觸覺的、嗅覺的、味覺的等等，這種種不同的「想像」，只要我們仔細分析一部文藝作品，就可以發現的。中國的〈離騷〉[23]、〈長恨歌〉[24]、《西遊記》[25]，英國的《格列佛遊記》[26]、《雲雀之歌》，似乎都有些「想入非非」，但在豐富的想像中蘊藏著熱情和思想。這一點也就是文藝作品與毫無意識、荒誕神怪文學不同的地方。近代的觀念把「想像」看作文學中最重要的因素，因爲它是美的、有力的、創造的。

凡是好的作品一定包含眞實的情感、豐富的想像、卓越的思想、美妙的文字，這是毫無疑問的；不過由於讀者年齡、學識、經驗、環境的不同，各人有所偏好罷了。嚴格地講，如果缺少這些因素，就不得列入文藝之林了。

三、文學的內容和外形

一般人往往會有一個籠統的觀念，認爲凡文章皆文學，這實在是錯誤的。文學的內容包括詩歌、小說、戲劇和散文四種。過去中國文學的綱目就是經、史、子、集，那些抒情的詩詞是被視作雕蟲小技、文人舞弄筆墨的，這種偏狹的觀念，未免有坐井觀天的毛病，「文以載道」這一類的話早已成爲迂腐之見了。「經」、「史」、「子」三類都是傳授學識的大文章，只有在私家的文章裡還可找到抒情的作品。更進一步說，就是詩歌、小說、戲劇，是否具有文藝價值，還要看它們的性質而定：《詩經》[27]是一部偉大的文藝作品，但以它的內容而論，只有〈風〉、〈雅〉兩類能夠得上有文學價值，〈頌〉就不足道了。十八世紀英國波普[28]和德來頓[29]的幾部詩篇，實際只是有韻的論文，不能以「詩」稱之。那些說教或是低級趣味的小說，自然也不能歸入文學的範疇。後面就以詩歌、小說、戲劇、散文分爲四章來作概括地討論。

文學的外形，就是用來表現我們情感和思想的文句。由於不同的思想和情感，所用的文句自然也就不同；久而久之，就形成各種不同的文體。人類當然是先有語言，後有文字的；在文字沒有發明之前，一切都靠語言來記憶，只有將語言編成有韻的文字，唸起來順口，便於記憶。所以韻文的發生要比散文早，等到有了文字之後，才將這些有韻的文字記載下來，這就是最原始型的詩歌。

上古時代的文學，可以說是屬於民眾的，語句非常樸實。中國從漢代到南北朝這一階段，文學由民眾的呼聲變爲文人的專有品，於是對文句的修飾非常講究，反顯雕琢的痕跡，甚至捨本逐末，不顧內容，只講外形，造成綺麗文體空前的發達。自唐以後，雖然較爲緩和，但文字仍以雅麗爲主，白居易[30]和元微之[31]喜歡用通俗的文句，得到「元輕白俗」的評語。明、清兩代以模仿爲能事，不脫前人的窠臼。民國初年林琴南[32]輩雖然力主摹古，但隨著時代的進展，我們終覺得古典文字束縛太嚴；等到胡適之和陳獨秀發動文學革命，文體就得到空前的改革。新興的語體文成爲主要的表現工具，無論詩歌、小說、戲劇、散文，都用白話來寫了。這種情形在英國亦復相同，古代英文是很自然的，十七、十八兩世紀，文人專講外形的美，注重整齊和綺麗，終於十九世紀浪漫運動起來，打倒這種風氣，用日常語言來寫作一切了。

我們知道內容和外形是密切關聯的，有了好的內容，如果爲外形所束縛，不能自由發揮，豈非也是枉然。所以無論是用文言或語體，最主要的是內容的抒發絕不能受外形的限制。同時，在語句和音節上，兩者也必須要調和相稱，一篇哀傷的作品不宜用豔麗的語句，一篇輕快的文章需要避免古奧的字句。

最後，我們怎樣去欣賞文學呢？唯一的法門就是必須要「讀」，所要注意的就是怎樣去「讀」。同樣一本書，幾個人同時去讀，各人領會的程度有深淺的，讀書實在包括兩個步驟：「讀」是初步工作，讀過之後，必須還要「想」，然後才能豁然開朗，頓啟茅塞。讀既不同，想又互異，領會自然就有高下之別了。「讀」的時候，除了對單字和詞句必須要澈底了解外，對於時代的背景、生活的狀態、文學的趨勢、作者的思想，以及寫這本書的動機和目的，都要參考周詳。這種全是讀時必須有的準備。讀過之後，就要用自己的智慧和經驗去細細體會，從讀過的材料中悟出自己的心得，中國人所謂的「舉一反三」，就是「想」的運用。綜觀中外文學史，每一時代有每一時代的文學，無論政治社會的情形以及其他歷史上所缺少的材料，都可從當時的文學作品裡去找到，只要會「讀」、會「想」，自然也就會「找」了。所以讀文學作品既與背誦自然科學的定理不同，也與強記社會科學的原則不同。有許多人雖然是博覽群籍，仍然不能得其要領；明其究竟，就是因爲不知道怎樣去讀的緣故。陶淵明說的「好讀書，不求甚解」，是因爲他自己已經學問很好，故意說這種風涼話，這絕不適用於一般讀者的。如果一個愛好文學的人不肯去讀，固然是一無所獲；就是去讀了，也要先明白怎樣去讀，不可胡亂的讀，更不可生呑活嚼的讀。

注釋

1 三國演義

全稱《三國志通俗演義》。長篇歷史小說。明代羅貫中作。主要根據陳壽《三國志》、元代《三國志平話》和流傳在民間的三國故事，經過綜合鎔裁，再創作而成。原書二十四卷，二百四十則。清初毛宗崗作了一些修改，成爲現在通行的一百二十回本。故事起於劉、關、張桃園結義，終於王濬平吳，包括整個三國時代，反映出當時動盪不安的社會生活。作品成功地塑造了大批人物形象，如諸葛亮的智謀，關羽的義勇，張飛的憨直，都爲廣大讀者所喜愛。

2 水滸傳

小說名，相傳爲元末明初羅貫中作；又有題施耐庵撰，羅貫中纂修者；明金聖歎斷爲自七十回以後羅貫中所續。此書以北宋末年宋江等三十六人被迫而上梁山之事蹟，及南宋至明中葉民間傳流「水滸」故事演輯而成；人數亦由三十六增衍至一百八。其描寫人物，刻劃盡致，爲有影響之文學作品。版本今坊間通行者，爲金聖歎刪定之七十一回本。

3 紅樓夢

小說名，又名《石頭記》、《金玉緣》。長篇小說。共一百二十回，前八十回曹雪芹作，後四十回高鶚所續。小說以賈寶玉、林黛玉的愛情悲劇爲主線，作者滿懷熱情地歌頌了寶、黛的純眞愛情和叛逆精神。作者具有豐富的文化知識，對於這個家族的生活和精神實質，有切實的體驗和理解。他以優美生動的語言和善於描寫人物心理的筆力，透過眞實細緻的描寫，塑造了許多富有典型意義的藝術形象。使作品達到了中國古典小說中的寫實主義的高峰。

4 西廂記

戲曲名，元王實甫撰，爲元代北曲最重要的作品之一，演張君瑞、崔鶯鶯的戀愛故事。文辭清新豔麗，允稱北曲第一。正本分四本，每本分四折，第五本爲關漢卿續本，亦分四折，合稱「西廂記五劇」，爲《西廂記》之最通行者。原本源於唐元稹的

《會眞記》，一轉爲趙德麟的《商調鼓子詞》，再轉爲董解元的《西廂搊彈詞》，三轉而爲王實甫的北曲《西廂記》。

5 莎士比亞（William Shakespears，一五六四—一六一六）

文藝復興時期英國偉大的戲劇家，詩人。生於英國史特拉福鎮商人家庭。流傳的劇本有三十七部，長詩二篇，十四行詩一百五十四首。他的作品對歐洲戲劇的發展有巨大而深遠的影響。

6 狄更斯（Charles Dickens，一八一二—一八七〇）

英國小說家。幼極窮困，輟學在家以雇傭爲生。後改業新聞記者；充任報館訪問員。常以工作餘暇，遊覽市街，觀察人間情趣，習作雜記；以《匹克威克故事》受到歡迎，乃專事著作。作品有《雙城記》、《塊肉餘生記》、《賊史》、《老古玩店》、《董貝父子》等。

7 漢書

東漢班固撰。固父彪，以《史記》自武帝太初以後，闕而不錄，於是作傳六十五篇。固以其父所續未詳，又綴其所聞，整理補充，以撰《漢書》，後因竇憲事，死於獄中，全書未竟。和帝詔固妹昭續成之。全書分十二紀，八表，十志，七十列傳共百篇，後人分爲一百二十卷。記載漢高祖元年至王莽地皇四年二百三十年間主要事蹟，爲我國第一部紀傳體斷代史。以唐顏師古注本爲最通行。

8 馬克白（Macbeth）

莎士比亞作四大悲劇之一，寫蘇格蘭國王之甥馬克白，平定外患之後，在凱旋途中遇見三個女巫，都預言他將要做國王。他因此動念，歸國後與其妻害死國王，而篡了王位。但良心不斷的苛責他，妻子也變成狂人，最後王子起兵討伐，馬克白卒爲所殺。全劇瀰漫了一種陰鬱可怖的氣氛。

9 雙城記（A Tale of Two Cities）

小說名。狄更斯著。寫法國大革命時英人卡頓在巴黎爲友捐軀的故事。卡頓戀醫生之女露絲，但露絲卻鍾情於達里。當恐怖時期，達里身爲貴族，其義僕因維護主人而被捕，達里親至巴黎，不料爲暴徒所獲，身繫獄中。卡頓以面貌酷似達里，混入獄中，使達里脫逃，而自己在斷頭臺上從容就義。

10 **薩克萊**（William Makepeace Thackeray，一八一一—一八六三）英國傑出的批評現實主義作家。生於富裕家庭，破產後靠繪畫和寫作維生。擅長用諷刺筆調勾勒英國十九世紀中上層社會的面貌。長篇小說《紐康氏家傳》，描述貴族和中產階級的生活情景。

11 **紐康氏家傳**（The Newcomes）參見薩克萊條。

12 **魯賓遜漂流記**（Robinson Crusoe）英國啟蒙時期作家狄福的長篇小說（一七一九）。主人翁魯賓遜因所乘船舶失事，在荒島上單獨生活了二十八年。歌頌個人冒險進取的精神，強調個人的聰明和毅力。

13 老殘遊記

長篇小說。題「洪都百煉生撰」，實爲清末劉鶚作。共二十回。內容寫一個搖串鈴的江湖醫生老殘，以他遊程中的見聞和活動爲中心，對當時吏治的殘暴、黑暗加以揭露，著重抨擊那些名爲「清官」，實即酷吏的虐民行爲。語言精鍊，富於表達能力。在描寫自然景物、人物心理狀態方面，具有特色。

14 史蒂文生（Robert Louis Stevenson，一八五〇—一八九四）

英國小說家，新浪漫主義代表。生於工程師家庭。他反對文學藝術反映現實生活，認爲寫作品只供讀者消遣。主要作品有《金銀島》、《化身博士》、《誘拐》等，大多描寫冒險事蹟或情節離奇的怪誕故事，帶有恐怖色彩。他的遊記和小品文，則以風格優美著稱。

15 陶淵明（三六五或三七二—四二七）

東晉偉大詩人。一名潛，字元亮，私諡靖節。潯陽柴桑（今江西九江）人。相傳是陶侃曾孫，但家境貧困。自幼博覽群書，早年有遠大政治抱負。又性愛自由，不慕榮利。其詩善於描繪秀美的自然景色和淳樸的農村生活，體現出不願同流合汙的精神。其藝術特色是能以雄健的筆力，造平淡的意境；語言質樸自然，而又極為精鍊。情感深厚，個性鮮明，具有獨特風格。對後代詩人很有影響。其散文和辭賦抒寫自如，不事雕琢，有《陶靖節集》。

16 李白（七〇一—七六二）

唐代偉大詩人。字太白，號青蓮居士。祖籍隴西成紀，隋末其先代因罪徙西域。自幼時隨父遷居綿州昌明青蓮鄉。少年即顯露才華，吟詩作賦，廣覽博學，並好行俠。自二十多歲起，滿懷壯志，漫遊各地。天寶初，以賀知章和吳筠的推薦，一度供奉翰林。後在洛陽，與詩人杜甫相識，結成深厚的友情。安史亂後，懷著平亂的志願，曾為永王李璘幕僚。因璘敗牽累，流放夜郎。中途遇赦東還。暮年生活，漂泊窮苦，卒於當塗。詩風雄奇豪邁，感情熾烈，幻想豐富，形象鮮明，語言自然奔放，音律和諧多變。善於從民歌、神話中吸取營養和素材，構成其特有的瑰瑋絢爛的色彩，是屈原以來積極浪漫主義詩歌的新高峰。有《李太白集》。

17 華滋華斯（William Wordsworth，一七七〇—一八五〇）

英國浪漫主義詩人，「湖畔派」的代表，一八四三年封爲桂冠詩人。讚美農村宗法制度，主張回到自然，把自然看成是神祕的啟示者。一七八九年與柯勒律治共同創作《抒情歌謠集》，序文中提出對詩歌的看法，是浪漫主義的美學宣言。

18 濟慈（John Keats，一七九五—一八二一）

英國浪漫主義詩人。出身貧苦。年輕時愛讀希臘神話和英國詩人史賓賽的作品，嚮往古代希臘文化，厭惡社會的醜惡現實，希望在「永恆的美的世界」中尋找安慰。

19 杜子美 參見杜甫條。

20 拜倫（George Gordon Byron，一七八八—一八二四）

英國傑出的浪漫主義詩人。生於貴族家庭，曾在劍橋大學受教育。深受啟蒙思想的影響，痛恨英國中產階級的虛僞殘酷。他的詩帶有濃厚的個人主義的形象。拜倫的創作對歐洲各國浪漫主義詩人影響很大。

21 塊肉餘生記（David Copperfield）

英國作家狄更斯的自傳性長篇小說。主人翁大衛早年喪父，受繼父虐待，不得不獨立謀生，經過個人奮鬥和有錢親戚的幫助，終於成爲著名作家。書中揭露社會中的虛僞、自私和冷酷，對貧民的困苦生活和童工所受的殘酷待遇深表同情。一八五〇年出版。

22 格雷（Thomas Gray，一七一六—一七七一）

英國詩人，生於倫敦，受教於劍橋大學。一七五一年出版《墓畔的哀歌》，一七五七年出版《讚歌集》。被舉爲桂冠詩人，辭而不受。一七六八年出版詩集，其詩作雖少，表現形式與當時詩壇迥異，詩風純樸清新。

23 離騷

《楚辭》篇名。中國文學歷史上的偉大作品之一。戰國楚人屈原作。反映出他眷戀故國的思想感情。作品運用美人芳草的比喻和大量的神話傳說，以壯美飛騰的幻想，表現出熱愛國家和嫉惡如仇的精神。感情強烈，文彩絢爛，結構宏偉，形式多所變化，富於浪漫主義精神和強烈的現實意義，對後世文學有深遠影響。

24 長恨歌

長篇敘事詩名。唐代白居易作。內容描述唐明皇和楊貴妃的愛情故事。作者以同情的態度美化了他們兩人的愛情。作品想像豐富，情節曲折，語言優美，音調和諧，敘事抒情緊密結合，富於感染力。對後代的敘事詩和戲曲有顯著影響。

25 西遊記

神魔小說。明代吳承恩作，共一百回。作者在民間流傳的唐僧取經故事和有關話本、雜劇的基礎上，經過再創作，成爲規模宏偉、結構完整的巨著。書前七回，敘述孫悟空的出世，此後轉入取經正傳，敘述了西遊途中克服困難的過程。作者運用浪漫主義的創作方法，成功地塑造了孫悟空的形象。作品的特色是：善於構思，情節曲折；語言生動詼諧，別具風格。

26 格列佛遊記（Gulliver's Travels）

英國作家史威夫特的長篇小說。是英國文學中最偉大的諷刺小說。全書分四部，敘一水手的遊歷故事。從這部書中可以看出作者的厭世嫉俗的性格來。

27 詩經

中國最早的詩歌總集。本只稱「詩」，後世稱爲《詩經》。編成於春秋時代。內容分爲〈風〉、〈雅〉、〈頌〉三大類；〈雅〉又有〈大雅〉、〈小雅〉之別。共三百零五篇，舊說係孔子所刪定；大抵是周初至春秋中葉的作品，產生於今陝西、甘肅、山西、山東、河南等地。作品形式以四言爲主，運用賦、比、興的手法，樸素優美的語言與自然和諧的音律，抒情深刻，描寫生動，極富於藝術感染力。長期以來《詩經》一直受到崇高的評價，對中國二千多年來的文學發展有極其深廣的影響。

28 波普（Alexander Pope，一六八八—一七四四）

英國詩人，啟蒙運動時期古典主義的代表。深受法國十七世紀批評家布瓦洛的影響，著有詩體論文《批評論》，闡述古典主義審美原則，主張詩歌應模仿自然，認爲古代希臘羅馬的作品是藝術典範。〈鬈髮的劫奪〉是首諷刺長詩，反映上流社會的生活。

29 **德萊頓**（John Dryden，一六三一—一七〇〇）

英國詩人。他是他那時代最偉大的詩人，散文及戲劇也很有名。受教育於劍橋大學，一六七〇年被任爲桂冠詩人及皇室修史官。他的許多劇本漸漸被人忘卻，但他的《寓言》以及用韻文寫的長篇故事等，卻在許多國文字中流傳著。

30 **白居易**（七七二—八四六）

唐代偉大詩人。字樂天，號香山居士。其先太原人，後遷居下邽（今陝西渭南）。貞元進士，官至刑部尚書。其文學思想，主張「文章合爲時而著，歌詩合爲事而作」，強調繼承《詩經》的傳統，和杜甫的創作精神，反對六朝以來的形式主義。早年所作一百多篇諷喻詩，極富於寫實精神。後期以至晚期，受政治環境影響，意志逐漸消沉。其詩藝術形象鮮明，語言通俗，相傳老婦也能聽懂。與元稹友情篤厚，並稱「元白」。有《白氏長慶集》。

31 元微之（七七九—八三一）

即元稹。唐代傑出詩人。河南（今河南洛陽）人。貞元進士，曾任監察御史。後起任工部侍郎，得穆宗信任，與裴度一同拜相。卒於武昌軍節度使任所。和白居易友善，早期的文學觀點也相同，爲新樂府運動的支持者，世稱「元白」。他的詩在反映現實的深度、以及語言的通俗流暢上，都不及白居易，但亦多清峻精警之作。所作傳奇《鶯鶯傳》，爲後來《西廂記》故事所取材。有《元氏長慶集》。

32 林琴南（一八五二—一九二四）

即林紓。清閩縣人。名紓，字琴南，號畏廬，別署冷紅生、蠡叟，初名群玉。光緒舉人，辛亥革命後，嘗任北京大學教授。致力古文，詩亦清新湛秀；間作畫，得煙客風味。以文言譯歐美小說甚多，名重一時；唯不諳外文，所譯皆出於他人之口述。近代中國人知西洋文學之可貴，以林紓之功績爲最多。

第二章　詩　歌

詩歌是文藝中最早的產品，它的發生完全是一種自然的趨勢，在文字沒有發明的時候，人類遇有喜、怒、哀、樂，就隨口哼了出來，朱夫子所謂「情動於中而形於言」，這就是詩歌最原始的形態。後世代文化進步，生活複雜，文人創立了許多格律，詩歌就此變為文人的專有品，不再是大眾的呼聲了。

一、詩歌的特性

詩的特性可以分作三點來說：

第一、一般人以為詩和散文是相對的，這不過是就形式上的分別而言，並不正確的。用現代的眼光來看，有許多散文很富有詩意，而有一部分的詩篇只不過是具有詩的外形，並無詩的意境可言。所以從實質上來觀察，詩和散文並不是對立的；不過，在形式上，詩具有一定的句數和音韻。所以規定的句數和用韻，是詩的最明顯的一個特性，如中國詩有四言、五言、七言，西洋詩有「英雄駢句」（heroic couplet）、十四行詩（sonnet）、「無韻詩體」（blank verse）等等，這一個特性顯示了詩與音樂的關係。

第二、詩裡的用字完全是暗示的，不是直說的。散文的目的是發揮一種議論或是敘述一串事實，可是詩的效用在於能夠引起我們的想像，鼓勵我們的情緒，所以詩絕不能像散文般地一覽無餘。白居易寫天寶盛事，只引用旁觀者的對話來反襯，「白頭宮女在，閒坐說玄宗」就能夠使人感慨無窮。華滋華斯的「But she is in her grave, Oh, the difference to me」用簡單的字句抒發了最深沉死別之感。散文以暢達爲主，詩卻貴有「回味」和「蘊蓄」。

第三、詩人對事物有他獨到的看法，他對事物的感覺比普通人要靈敏的多，想像的能力也較高強。詩人憑了情感和想像，創造出偉大的詩篇，我們絕不能以科學的頭腦，用眞實性來作爲欣賞的標準。屈原[1]在〈離騷〉裡，靠想像遨遊天空與神相見；但丁[2]的《神曲》[3]和彌爾頓[4]的《失樂園》[5]發揮了詩人對天堂、地獄主觀的解釋。詩人之異於常人者，就在於他敏銳的感覺，他對於自然人生都能看到、聽到、覺到一種美，這是常人所不注意的。一個常讀詩的人對生活一定有較精較深的了解。

二、詩歌的類別

我們用體裁作爲詩歌分類的標準是沒有什麼意義的，像中國詩有律詩、絕句、古詩，西洋詩有歌謠體、無韻詩體、十四行詩等等的名稱。最完善的分類，就是希臘的三分法：敘事詩、劇詩和抒情詩。劇詩已經演變爲後世的戲劇，大體上只有敘事詩和抒情詩兩種，尤以後者爲重要，近代詩歌差不多大半都是抒情的。

西洋的史詩（epic）雖然有它獨特的風格，但仍是敘事詩的一種，西洋人認爲史詩是敘述一件偉大事業的詩，這種偉大的事業是由於神的意志和英雄的力量所造成，所以史詩的題材是非常莊嚴的。西洋古代史詩上，有希臘荷馬[6]的《伊里亞德》[7]和《奧德賽》[8]，英國的《貝奧武夫》[9]，法國的《羅蘭之歌》[10]，德國的《尼伯龍根之歌》[11]，西班牙的《熙德之歌》[12]以及印度的《摩訶婆羅多》[13]。可是在中國卻找不到這種史詩；直到漢末〈孔雀東南飛〉[14]的產生，才算有了長篇的敘事詩。一部《詩經》全是短的作品，而精彩部分都是抒情的。長的敘事詩自中國僅有〈孔雀東南飛〉、〈木蘭辭〉[15]、東漢蔡琰[16]的〈悲憤詩〉[17]、五代韋莊[18]的〈秦婦吟〉[19]、杜甫[20]

的〈北征〉、白居易的〈長恨歌〉等數篇而已。這一點是中西詩歌不同的地方。

西洋史詩差不多都受到《伊里亞德》和《奧德賽》兩部巨著的影響；前者敘述特洛伊戰爭的故事，後者敘述英雄奧德賽漂流的故事，可以說是前者的續集。作者荷馬是當時的一位盲眼詩人，他的身世無從知道了。這兩部作品不但是文藝巨作，簡直是歐洲重要的文獻，因爲它們顯露了古代人民生活的情況。在雅典地下曾經發現一座古城，內中有不少事物是和荷馬的敘述相符合的。英國《貝奧武夫》敘述英雄貝奧武夫和火龍爭鬥的故事，表現古代撒克遜民族生活的習俗和冒險進取的精神。喬叟[21]的《坎特伯里的故事》[22]是敘事故事的詩。史賓賽[23]的《仙后》[24]雖稱爲史詩，實在是寓言體的敘事詩。《失樂園》寫人與神的交接，有關宗教的地方很多。史詩在古代是被認爲最高尚的詩體，可是由於散文的興起，史詩已經逐漸失去了它的重要性；十七世紀之後所產生的只是敘事詩而已，並非眞正的史詩，如波普的《鬈髮的劫奪》[25]，名之爲諷刺史詩，實在不過是鋪張揚厲譏諷的長篇敘事詩。丁尼生[26]的《王者之歌》[27]只是十二首分立的敘事詩拼合而成，並不合史詩的傳統方法。近代因爲散文的發達，史詩固然早已失去重要性，就是韻文故事和敘事詩也有小多來代勞，詩人不會再費盡精力去寫長篇的敘事詩，所以近代詩歌完全是抒情詩的天下了。

西洋古代的戲劇都是用韻文寫的，希臘的三大悲劇家埃斯庫羅斯[28]、索福克勒斯[29]、歐里庇得斯[30]，可以說是戲劇詩的鼻祖。莎士比亞的劇本也都是用詩體寫的，所以莎翁不但是戲劇家，同時也是大詩人。以後就逐漸演變爲現代散文的戲劇，很少用韻文來寫對話了。中國的元曲可以算作戲劇詩，因爲它是用韻文寫的。

抒情詩在中國遠較敘事詩爲輝煌燦爛。一冊《詩經》分爲〈風〉、〈雅〉、〈頌〉三部，〈風〉是抒情的作品，也是最寶貴的一部分，〈雅〉是抒情敘事各半，〈頌〉全係敘事，代表廟堂文學。以價值而言，〈頌〉是不足以和〈風〉、〈雅〉並列的。〈風〉之中對於兩性的戀情有極熱烈大膽而眞實的抒寫，這一類的傑作如〈野有死麕〉、〈靜女〉、〈狡童〉、〈卷耳〉、〈蒹葭〉等篇。當時人民對於君主表示不滿，怨憤之情溢於言表，這些諷刺的詩如〈碩鼠〉、〈苕之華〉等篇，口氣都是很激烈的。

《詩經》之後的《楚辭》[31]是南方文學的總集，無論在內容或形式上各有各的優點，沒有什麼關聯的痕跡。《詩經》都是民歌，是群眾的作品；而《楚辭》是文人的創作。《楚辭》中最偉大的作家屈原是一位很想爲國效力的官吏，但爲環境所迫，終於踏上自殺的路；他用豐富的想像表現他內心的抑鬱。《楚辭》對於後世文學的影響，也像《詩經》一樣的偉大。

《古詩十九首》[32]都是抒情之作，情眞意摯、感喟無窮。曹子建[33]、陶淵明的古詩，南北朝的樂府詩，以及唐代的近體詩，我們只要檢討它們的內容，或懷古傷今，或相思離別，或寫自然妙趣，或寫怨愁哀傷，眞是五光十色，千變萬化。這種種，讀者都可隨著自己愛好去欣賞。

十九世紀是英國抒情詩的發達時代，華滋華斯和柯勒律治[34]共同出了一部《抒情詩歌集》[35]，一反過去古典派的作風，用日常語言寫眞情實感，無異是文學革命的宣言，浪漫主義的檄文。華滋華斯讚美自然、崇尚自然，正和陶淵明一樣，將田園生活歌詠於詩篇之中。他的〈孤寂的割麥女〉、〈水仙花〉等幾首短詩，非常清新俊逸。拜倫和雪萊[36]都是熱情的詩人，因爲反抗英國傳統的社會，不得不流亡到國外去。除了他們的長篇傑作外，拜倫一首短的〈當我倆分別的時候〉與情侶離別後的情景，甚爲淒涼。雪萊的〈雲雀之歌〉想像奇特。濟慈是一位唯美的詩人，他的詩和自然有緊密的接合，在〈海佩麗安〉中，他發揮了美麗而深湛的思想，〈夜鶯歌〉也是很美麗的。

三、寫詩的技巧

寫詩的方法中國有所謂的賦、比、興三種，「賦」是直陳其事，「比」是以彼狀此，「興」是託物興辭。說得明白一點，「賦」就是敘述，「比」是比喻，「興」是看到一物而引起我們的感想。這三種方法的運用是沒有規定的，同時也是混用的。李太白的〈古意〉一首，以賦爲興，下面再用比。比有明比，也有暗比，有的是句比，也有通篇皆比。所以懂得方法之後，必須再要加以揣摩，才能運用自如。

西洋詩的技巧可以說也不外乎這幾種的運用。除了長篇敘事詩外，多數的抒情詩，只要我們細加分析，大概不外三個部分：一、首先說出外界的事物，而這一種事物就是打動詩人心靈的，可算是寫詩的動機；二、用想像來比喻來思索，將詩人心中的感觸作極度的渲染；三、描寫詩人因這種感觸而發生的印象。譬如華滋華斯的〈孤寂的割麥女〉，詩人因聽到少女的歌聲而發生一種感觸，接著就用比喻來描寫她的歌聲，最後表現詩人的觀感，這三部分並不一定有清楚的劃分，但大體上都是如此的組成的。

中國古詩長短不拘，似乎不甚難作；但要一氣呵成，雄渾古樸，也不是一件容易的事。近體詩中，「律詩」與「絕句」的字數都是有規定的，律詩必須要講對偶，難寫而易工，但更易流於堆砌雕琢。絕句只有四句，需要最經濟的表現技巧才能臻於美妙。前人有用「起承轉合」四字作爲絕句的構造，但怎麼能轉得好，卻沒有法則可循。西洋詩在字句和音節上除少數規定者外，大半沒有限制，可長可短，比較中國詩要自由得多呢。

現在略說中西詩中所常用的幾種技巧：

第一、音節可以幫助情感的表現。根據這個原理，詩人將同一詩句用在每一首的開端，中間或句末。這種「反覆」（refrain）的方法在《詩經》中用得多，丁尼生的《王者之歌》裡也很多。有時用聲音來表現一種狀況，如「車轔轔，馬蕭蕭」；英文字如「bang」、「crack」、「murmur」、「waril」等。中國詩中用疊字來表示具體的意感，如「春愁黯黯，世事茫茫」也是很普通的。

第二、將沒有生命的事物看作活人一般，這叫作「擬人法」（personification），可以加速讀者的想像，像濟慈的〈秋〉，作者將秋天完全當作活人一樣，「蠟燭有心還惜別，替人垂淚到天明」也是一種擬人。

第三、語句稍帶「誇張」（hyperbole），可以增加讀者的興味，這就是《文心雕龍》[37]上所說的「誇飾」，但要用得恰到好處，如果過分的誇張，反會使讀者發生不快感覺的。

第四、用反語（Irony），含有譏諷的意味，可以引起讀者的共鳴。譬如在《凱撒》[38]一劇裡面，安東尼的演說詞一再說「他是一個高尚的人」（He is an honorable man），實在是說他是一個叛徒。白居易的「遂令天下父母心，不重生男重生女」，明是對楊貴妃的一種諷刺。

第五、用「對照」（antithesis）來增強讀者的感慨，猶之將黑白並列，則黑者越黑，白者越白。所以寫秋景的淒涼，不妨用春天的美麗來反襯；寫目前的衰微，不妨用過去的繁華來比擬，這是很有效的。

總之，詩貴乎有好的意境，無論造句或鍊字，都需含蓄，要能「意在言外」，方可加速想像，激起共鳴。劉禹錫[39]寫滄桑之感僅說「舊時王謝堂前燕，飛入尋常百姓家」；羅賽蒂[40]寫死別之痛，僅說「As much as in a hundred years, she is dead; yet it is to-day the day on which she died」；孟浩然[41]的「待到重陽日，還來就菊花」，無論換「賞」、「醉」、「對」中任何一個字，遠不如「就」字有意境。濟慈將「A thing of beauty is a constant joy」改爲「a joy forever」，成爲不朽名句。這種造句鍊字的功夫，全在乎讀者自己去揣摩領會了。

四、詩的音節

最初詩歌都是合樂的，大概漢以後才詩樂分立，唐代的絕句還能歌唱。後來文人規定了幾種調子，大家倚聲塡入，詩歌和音樂的關係就愈益疏遠了。西洋的史詩是由樂工（minstrel）沿街唱給大眾聽的。中世紀，這種以吟詠爲職業的樂工最爲盛行。文化日益進步，詩歌和音樂就成爲兩種獨立的藝術了。

古詩的平仄無一定格式可講，用韻也較自由，兩句一協或四句一協，總以停勻整齊爲主。近體詩有規定的音調，只要依其平仄塡入就好了；但也有一個變通的辦法，就是我們所謂的「一三五不論，二四六分明」（五言則一三不論，二四分明）。所謂「不論」，就是當用「平」者不妨用「仄」，當用「仄」者不妨用「平」。用韻通常第一句也可變通，可協可不協。舊詩大多是以平聲來做韻腳，用仄聲押韻不容易討好，像柳宗元[42]的「千山鳥飛絕，萬徑人蹤滅，孤舟簑笠翁，獨釣寒江雪」，是很難能的。前人作品中也有平仄不調的，謂之「拗體」；唐詩中很多拗體詩。新詩打破一切格律，只用和諧的字句來求音節的美，但因爲太沒有標準，往往容易變成分行的散文，這是新詩本身的缺點。

英文詩是由詩節（stanga）所組成的，每一詩節的詩句，可以由兩行至無數行。一首詩包含若干詩節也沒有固定的，譬如第一節是四行詩節，那麼通首自然都是四行了。每行詩句的音節（metre），也是不等的；以四音步（tetrametie）和五音步（pentametre）爲最普通。一個音步之中，一定有一個重讀音（accented beat），如果一行詩句是五音步，那麼自然是有五個重音了。英文字的讀音輕重是一定的，所以先後也有不同，如果一音步有兩個綴音（syllable），先輕讀、後重讀，就是抑揚音步（iambus），像「dĕbý」這個字，就是重音在後面的。以此而論，一行抑揚五音步（iambic pentametre）的詩句，一定是有十個綴音（五個輕音，五個重音）。假定一音步有兩個綴音，先重後輕，謂之揚抑音步（trochee），像háppy̌就是。這兩種是英文詩中用得最多的。還有兩種是抑抑揚音步（anapaest），如intercede，和揚抑抑音步（dactyl），如merrĭly̌。這四種音步是可以合用的。譬如四行音節，一、三兩行是抑揚五音步句，二、四兩行也可改爲抑抑揚揚音步句。

中國詩用平仄來調聲，英文詩只能用符號來表明重音和輕音，重音用（ˊ），輕音用（ˇ）；因此，抑揚音步包含一個輕音和一個重音，符號就是（ˇˊ）。揚抑是

（’（），抑抑揚是（（（’），揚抑抑是（’（（）。我們讀過一首英文詩，必須要「按韻」（scan），才能知道它是屬於哪一種格式。下面舉例來看：

Thĕ cur, /feŵ tólls/thĕ kenéll, /ŏf part-/iňg day.

Like ă/póet/hid-dĕn

前者是抑揚五音步句（iambic pentametre），後者是揚抑三音步句（trochaic trimetre）。每一音步內的重音是不能更動的，有時某一音步內的輕音可以增加或減少一個；如果抑揚音步內增加一個輕音，實際上這一音步就變爲抑抑揚了。這正猶之於中國詩的「拗體」一樣。

西洋詩的用韻（rhyme）也是很自由的，一首詩有一首詩的韻式（rhyme scheme）。譬如五行詩節，第一、二兩行相協，三、四兩行相協，末行不協，它的韻式就是「a a bb c」；四行詩節相間協韻，就是「ab ab」。這全在乎作者自己的安排，只要讀起來和諧就是了。無韻詩體（blank verse）是不押韻的抑揚五音步句（unrhymed iambic pentametre），而且是不分詩節，一氣呵成的。

詩歌是文學中最早的一種，可是到現在既不像小說有多數的讀者，也不及戲劇有大量的觀眾，反讓後來居上，這大概是由於太不通俗的緣故。但推翻一切格律以「我手寫我口」的新詩，壽命也只曇花一現，想來欣賞詩歌與小說戲劇不同，必須先要具有素養，才能了解它的美妙，這也許是它不能發揚光大的原因吧。

注釋

1 屈原（約西元前三四〇－約前二七八）
中國最早出現的偉大詩人。名平，字原；又名正則，字靈均。戰國楚人。做過左徒、三閭大夫。博古通今，具有遠大的政治理想，主張彰明法度，任用賢才。曾輔佐懷王內修政治，外抗強秦。爲了和保守貴族展開抗爭，遭讒去職，長期流浪在沅湘流域。後投汨羅江自殺。他具有豐富的想像力，善於吸收民間文學藝術的營養，運用新的形式和優美的語言，融化神話，塑造出許多鮮明的形象，寄寓理想，顯示愛憎，使作品富有浪漫主義的精神和深刻的現實意義，對後代文學影響極大。流傳下來的作品，《漢書・藝文志》著錄爲二十五篇，重要作品有〈離騷〉、〈九歌〉、〈九章〉等。

2 但丁（Alighieri Dante，一二六五－一三二一）
義大利偉大詩人。生於佛羅倫斯舊貴族家庭。詩集《新生》歌頌他理想中的愛人比特麗斯，對文藝復興時期詩歌創作影響很大。代表作《神曲》借用神話題材，反映中世紀社會生活，揭露封建專制和教皇專制的醜態，嚴厲譴責人性的自私自利。但丁對義大利語文的豐富、提煉也有重大貢獻。

3 **神曲**　參見「但丁」條。

4 **彌爾頓**（John Milton，一六〇八—一六七四）

英國大詩人，政論家。生於富裕的清教徒家庭。在劍橋大學時開始用拉丁文和英文寫詩。早期作品表現出文藝復興思想，和清教徒精神的矛盾。捍衛民主，反王政專制。英國王政復辟後，被迫隱居，雙目失明，生活貧困，但卻連續寫成三部主要長詩《失樂園》、《復樂園》和《力士參孫》。《失樂園》運用《舊約聖經》題材，反映英國中產階級革命。

5 **失樂園**（Paradise Lost）

爲十七世紀大詩人彌爾頓的名著，他於三十二歲時起稿，到了五十九歲時完成，全書十二卷，敘述人類始祖亞當、夏娃被逐出伊甸園的經過，題材取自《聖經》故事，爲荷馬及維琪爾以後最偉大的史詩。彌爾頓在這詩裡表現了最豐富的想像，最精巧的描寫。材料雖極繁複，而全詩的音調極爲優美，每一行都可反映出這位偉大詩人的性格來。

6 荷馬（Homeros，約西元前九世紀）

古希臘詩人。傳說生於小亞細亞，是一位到處行吟的盲歌者。歐洲古代兩大史詩《伊里亞德》和《奧德賽》，一般認爲是他的作品。

7 伊里亞德（Iliad）

與《奧德賽》並稱爲古希臘兩大史詩，相傳爲荷馬所作。當時口頭傳誦，整理成書約在西元前六世紀，共二十四卷。主要敘述特洛伊戰爭最後一年的故事。作品穿插很多神話和歷史傳說，反映古代希臘人的生活，被譽爲歐洲史詩的典範，並爲以後的文學藝術提供了豐富的素材。

8 奧德賽（Odyssey）

與《伊里亞德》並稱爲古希臘兩大史詩，相傳爲荷馬所作。當時口頭傳誦，整理成書約在西元前六世紀，共二十四卷。敘述特洛伊戰爭後，希臘英雄奧德修斯經歷種種艱險，終於回到故鄉的故事。

9 貝奧武夫（Beowulf）

英國最早的民族史詩，作者失傳。七、八世紀之交，開始在盎格魯撒克遜族民間流傳，十世紀出現手抄本。全詩三千餘行，分上、下兩部，一部分情節發生在丹麥，另一部分發生在瑞典南部，保存了盎格魯撒克遜人居住在北歐時代的神詩傳說。主人翁貝奧武夫是六世紀的歷史人物。

10 羅蘭之歌（Song of Roland）

法國最早的民族史詩。在民間英雄敘事詩的基礎上，經過封建宮廷和教會加工，在十一世紀末或十二世紀初完成。描寫法蘭克王國查理大帝遠征西班牙後歸國途中的故事，歌頌法蘭克騎士羅蘭的勇敢和犧牲精神。

11 尼伯龍根之歌（Niberlungen Lied）

德國著名的民間史詩，作者失傳。大約完成於十三世紀初，全詩共九千多行，分上、下兩部，上部記述王子西格夫里特的英雄事蹟和遇害經過；下部寫他妻子克里姆希爾特替夫復仇的故事。

12 熙德之歌（Cid）

西班牙史詩，約寫於一一四〇年，全詩共三千七百多行。「熙德」爲阿拉伯語的音譯，意爲「將軍」、「首領」，這裡指史詩主人翁西班牙武士羅德里蓋·地亞士·德維伐爾。本書反映西班牙長期反抗阿拉伯侵略者的事蹟。

13 摩訶婆羅多（Mahabharata）

是印度的史詩，世界最古的文學作品之一。內容敘述潘度斯與卡洛斯兩族戰爭的故事，它的作者相傳是吠陀的編者委沙。

14 孔雀東南飛

《樂府詩集》題〈焦仲卿妻〉。樂府雜曲歌名。原爲建安末年民間歌曲，文字上可能經過後人加工，收入徐陵所編的《玉臺新詠》。全詩三百五十餘句，一千七百餘字，是古代少見的長篇敘事詩。內容描寫小吏焦仲卿和妻劉蘭芝，因受到了壓迫而造成的愛情悲劇。人物性格鮮明突出，情節緊湊曲折，語言樸素生動，結尾運用了浪漫主義的手法，爲漢樂府民歌中傑出作品，對後代文學有深遠的影響。

15 木蘭辭

樂府鼓角橫吹曲名。北朝民歌。長達三百餘字。內容描寫少女木蘭代父從軍、勝利歸來的故事。反映出古代婦女剛強勇敢的性格和渴望和平生活的思想。全詩色彩鮮明，語言樸素生動，氣勢雄渾，音律和諧。篇目曾被收入南朝陳智匠所編《古今樂錄》中。木蘭故事流傳很廣，對後代文學作品頗有影響。

16 蔡琰（約一六二—二三九）

東漢著名女詩人。字文姬，陳留圉（今河南杞縣）人。著名文學家蔡邕之女。博學有才辯，妙於音律。初嫁河東衛仲道。夫亡，歸居母家。漢末大亂，爲董卓部將所虜，屬南匈奴左賢王，在該處居住十二年，生二子。曹操念蔡邕無後，以金璧贖歸，再嫁董祀。有〈悲憤詩〉兩首，反映在內亂外患中人民所受的痛苦，其中五言體的一首，尤爲傑出。

17　悲憤詩　參見「蔡琰」條。

18　韋莊（八三六—九一〇）五代前蜀詩人。字端己，長安杜陵（今陝西西安）人。韋應物四世孫。乾寧進士，後仕蜀，官至宰相。諡文靖。其詩頗見文采，所作長篇敘事詩〈秦婦吟〉在當時很有名。尤工詞，詞言樸素自然，善用白描手法，但內容多寫閨情離愁和遊樂生活，風格不高。著有《浣花集》。

19　秦婦吟　長篇敘事詩名。唐末韋莊作。詩篇透過一個少婦的自述，描寫她在長安遇到黃巢之亂賊入城以及逃到洛陽的遭遇，並對當時黃巢肆行做了相當的批評，同時暴露出一些官軍也在害民的罪行。文筆生動，受到當時民間唱詞的影響。

20 杜甫（七一二—七七〇）

唐代偉大詩人。字子美，自稱少陵野老或杜陵野客，原籍襄陽（今屬湖北），其先代遷居鞏縣（今屬河南）。杜審言之孫。自幼好學，知識淵博。有遠大政治抱負。後漫遊各地，與大詩人李白相識。杜甫的詩深入反映了當日的社會問題，而且對於民間疾苦寄以深切同情；善於選擇具有普遍意義的社會題材。透過許多優秀作品，完整地顯示出唐代由開元盛世轉向衰微的歷史過程，因而被稱爲「詩史」。詩歌感情深厚，內容充實，風格多樣，而以沉鬱爲主，語言精鍊，具有高度的表達能力。在繼承《詩經》以來文學傳統的基礎上，成爲中國古代詩歌的寫實主義高峰，在文學史上起著繼往開來的重要作用。其代表作品如〈兵車行〉、〈春望〉、〈自京赴奉先詠懷五百字〉、〈羌村〉、〈北征〉、〈三吏〉、〈三別〉、〈茅屋爲秋風所破歌〉、〈秋興〉等詩，皆爲古今傳誦。有《杜工部集》。

21 喬叟（Geoffrey Chaucer，約一三四〇—一四〇〇）

英國大詩人，英國民族文學的奠基人。生於倫敦富裕酒商家庭。從小出入宮廷，曾多次出使外國，受到義大利人文主義思想影響。當時貴族社會通用法語，他是第一個用英語寫作詩歌和散文的人。一三八六到一四〇〇年致力寫作《坎特伯里的故事》，生動地描繪十四世紀英國的社會生活，刻劃各種典型人物。

22 坎特伯里的故事（Canterbery Tales） 參見「喬叟」條。

23 史賓賽（Edmund Spenser，約一五五二—一五九九）

英國文藝復興時期詩人。生於倫敦布商家庭。未完成的長詩〈仙后〉描寫宮廷騎士戰勝各種妖魔的經過，表現貴族人文主義的理想。詩體完美，富於音樂性，後來被稱爲史賓賽體，對英國詩歌格律的形成有很大影響。

24 仙后 參見「史賓賽」條。

25 **鬈髮的劫奪**（the Rape of the Lock） 參見「波普」條。

26 **丁尼生**（Alfred Tennyson，一八〇九—一八九二）

英國詩人。生於牧師家庭，畢業於劍橋大學。詩歌中美化社會和道德倫理，主張溫和地改良社會。克里米亞戰爭時期，表現出典型的沙文主義。一八五〇年華滋華斯死後，被封爲「桂冠詩人」。作品片面追求音樂性，流於雕琢。

27 **王者之歌**（Idylls of the King）一譯「亞述王歌」。

28 **埃斯庫羅斯**（Aischylos，西元前五二五—四五六）

生於雅典貴族家庭，參加過波希戰爭。他相信命運，也相信人的自由意志，這種矛盾的思想反映在他的作品中。相傳一生寫了許多悲劇，現存《奧瑞斯提亞》三部曲、《波斯人》、《被縛的普羅米修斯》等七部。劇作結構簡單，但人物性堅強，語言宏偉有力。埃斯庫羅斯使希臘悲劇漸趨完善，而有「悲劇之父」之名。

29 索福克勒斯（Sophocles，西元前四九五—四〇六）

生於雅典富商家庭。共寫有悲劇約一百二十部，現存《伊底帕斯王》、《安提戈涅》、《厄勒克特拉》等七部。劇作取材於神話和英雄故事，但強調人的自由意志和力量；反映了雅典民主政治極盛時期的時代面貌，體現了雅典公民的生活理想。

30 歐里庇得斯（Euripides，西元前四八〇—四〇六）

貴族出身。相傳共寫悲劇九十餘部，現存《美狄亞》、《希波呂托斯》、《特洛伊婦女》等十八部。他的悲劇充滿浪漫情調和鬧劇氣氛，尤擅長描寫人物心理，對後代的劇作有很大影響。

31 楚辭

總集名。西漢劉向輯。東漢王逸爲作章句。原收戰國楚人屈原、宋玉及漢代淮南小山、東方朔、王褒、劉向等人辭賦共十六篇，一說僅十三篇。今所見十七篇，乃王逸所增。全書以屈原作品爲主，其餘各篇也都是繼承屈賦的形式。作品運用楚地的文學樣式和方言聲韻，具有濃厚的地方色彩，故名《楚辭》。其中如屈原所作〈離騷〉

等篇，表現了奔放的熱情和大膽的幻想，極富於浪漫主義精神，對後代文學的影響極爲深遠。

32 古詩十九首

組詩名。漢代無名氏作（其中有八首〈玉臺新詠〉題爲漢枚乘作）。原非一時一人所爲，梁代蕭統合爲一組，收入《文選》，題爲《古詩十九首》。內容多寫夫婦朋友間的離愁別緒和士人的傍徨失意。抒發感情，極爲眞實。形式都採用五言體，語言樸素自然，爲早期文人五言詩的重要作品。

33 曹子建（一九二—二三二）

即曹植。三國魏傑出詩人。字子建，沛國譙（今安徽亳縣）人。曹操第三子。封陳王，謚思，世稱陳思王。因富於才學，早年曾被曹操寵愛，一度欲立爲太子。及曹丕、曹叡相繼稱帝，備受猜忌，鬱鬱而亡。其詩以五言爲主。前期所作有少數表現出社會動亂和對事業的抱負。後期作品，多反映其所受壓迫的苦悶心情，要求個人的自由解脫。其詩感情深沈熱烈，善用比興手法，語言精鍊而詞采華茂，對五言詩的發展影響很大。也善辭賦，〈洛神賦〉尤有名。有《曹子建集》。

34 柯勒律治（Samuel Taylor Coleridge，一七七二－一八三四）

英國著名浪漫主義詩人，文藝批評家，「湖畔派」的代表。他的詩大多用象徵的手法，描寫超自然的事物，充滿神祕色彩。

35 抒情詩歌集（Lyrical Ballads）

一七九八年華滋華斯與柯勒律治合刊。是英國文學史上一個新紀元的開始，這部作品展開了浪漫主義運動（參見「華滋華斯」條）。

36 雪萊（Percy Bysshe Shelley，一七九二－一八二二）

英國傑出的浪漫主義詩人。生於貴族家庭。受盧梭、潘恩和葛德文等人的思想影響很大。所作詩富有反抗精神，充滿對專制暴政的抗議，對自由的追求和對理想社會的嚮往。其抒情詩音調諧和，節奏明快，洋溢著不斷前進的樂觀精神。

37 文心雕龍

中國第一部完整的文學批評巨著。南朝梁劉勰作（成於齊末）。全書十卷，分上、下編，各二十五篇。書中上編論述各體文學作品的特徵和歷史演變，分類相從，條理明晰。下編探討創作方法和批評原則，以及文學和時代的關係。全書著重在抨擊當時形式主義的文風，主張內容和形式應該並重。

38 凱撒（Julius Caesar）

莎士比亞的戲劇。寫加西阿斯鼓動布魯特斯等人暗殺凱撒。凱撒遇害後安東尼於屍前發表演說，引起人民對暗殺的不滿，並與屋大維聯合將加西阿斯、布魯特斯打敗。

39 劉禹錫（七七二—八四三）

唐代著名文學家。字夢得，中山無極（今屬河北）。貞元進士，官終檢校禮部尚書。詩歌通俗流利，晚年和白居易過從甚密。〈插田歌〉和〈竹枝詞〉、〈柳枝詞〉等組詩，富有民歌特色，爲唐詩中別開生面之作。有《劉賓客集》。

40 羅賽蒂（Dante Gelriel Rosseetti，一八二八，一八八三）

英國畫家兼詩人。初學於皇家學院，二十歲入布拉文之門，受其感化，與密雷、韓德等發起拉斐爾前派運動。三十三歲與西達爾結婚，頗爲相得。不幸二年後西達爾去世，傷悼之餘盡舉其詩稿以葬。四十歲後，得痼疾，鬱鬱以終。羅賽蒂天才卓越，想像豐富，畫與詩均以穠麗勝。作有〈丹第之夢〉、〈愛之船〉等畫，又有早期義大利之詩、歌謠等詩集。

41 孟浩然（六八九—七四〇，一作六九一—七四〇）

唐代著名詩人。襄州襄陽（今屬湖北）人。早年隱居鹿門山。年四十，遊長安，應進士不第。開元末爲荊州從事，後患疽卒。一生不得意。曾遊歷東南各地，寫了許多山水詩，因與王維齊名，稱爲「王孟」。其詩長於寫景，清新生動，引人入勝，也常抒發懷才不遇之感，但題材較爲狹窄。有《孟浩然集》。

42 柳宗元（七七三—八一九）

唐代傑出文學家，也是一位思想家。字子厚，河東（今山西永濟）人。貞元進士，與劉禹錫等贊同主張革新政治的王叔文。失敗後，貶爲永州司馬。後遷柳州，頗著政績。歷十餘年病卒，世稱柳柳州。與韓愈同是古文運動的主將，並稱「韓柳」。散文峭拔矯健，和韓愈的雄渾有別。寓言精短，發揮了諷刺文學的特長。山水遊記刻劃入微，託意深遠，表現了政治上的憤懣之感。詩亦卓越，風格清峭，〈江雪〉、〈漁翁〉等篇，爲世傳誦。有《柳河東集》。

第三章 小 說

小說的興起遠在詩歌之後，但它的發展卻著實驚人。小說中的情節有時也是現實的，但一般來說，小說是「想像的情節和想像的人物」的創造。何以小說能夠有廣大的讀者呢？大概不外乎下面三個原因：

第一、爲消遣而讀小說，目的在於消磨時間。每一個人差不多都有愛讀故事的嗜好，當我們空閒的時候，或是在旅途中，或是病癒之後，只要揀一冊自己喜歡的小說來讀，就不會感覺寂寞了。

第二、爲解愁而讀小說。我們遇到不高興的事情，一定覺得很煩悶；讀了小說，精神立刻就會集中在小說裡的情節和人物上，忘了眼前的煩惱。我們讀《艾凡赫》[1]，時時在關心著艾凡赫怎麼去救雷培嘉；我們讀《西遊記》，也刻刻注意孫悟空怎樣保護唐僧。在這一個時間裡，一心無二用，我們的心靈可以離開現實而陶醉在上古的環境裡，或是漫遊到遼遠的地帶去。

第三、爲了對人生更有清楚的認識和了解而讀小說。這一個原因較前面兩個嚴肅而重要。常常小說中所記述的，正是我們日常生活中所必須遭遇的事情，而作者將他自己的經驗寫在小說裡，可以作爲我們的參考。一個曾經住過鄉村裡的人，讀到一本描寫鄉村生活的小說，一定覺得書中的敘述非常眞切，於是對這本書自然就有愛好而不肯釋手了。

讀者的愛好也是各人有不同的；有些人喜歡讀某一本小說，是因爲它有動人的情節，有些人是爲了它有眞實的描寫，也有些人是爲了喜歡小說中的人物。我們讀《傲慢與偏見》[2]，一定不會忘記伊莉莎白．班奈特。讀過《紅樓夢》，大觀園中的人物都變爲我們的朋友了。更有些人是爲了喜歡小說的風格和文體的，譬如有人欣賞狄更斯的幽默，也有人讚美薩克萊的諷刺。有人頌揚曹雪芹[3]的細膩，也有人崇拜施耐庵[4]的雄偉。總之小說的吸引讀者不外乎它的情節、背景和人物。

一、小說的種類

小說可以分作兩大類：浪漫的（romantic）和寫實的（realistic）。浪漫小說給予讀者的印象是脫離現實的。它的內容不是神仙鬼怪，便是英雄冒險；它的背景是遼遠的時代和區域，情節緊張，奇特而神祕。這一類小說如：英國的《艾凡赫》、《金銀島》[5]、《七個破風之家》[6]，中國的《搜神記》[7]、《述異記》[8]、《西遊記》，它們中間的人物完全是「理想化」（idealized）的，比常人或是更妙、更美，或是更壞、更醜。《艾凡赫》裡面，雷培嘉是一位女英雄，她的舉動都是值得稱譽的；《西遊記》裡的唐僧是一個絲毫沒有缺點的和尚。在世界上，任何人有優點一定也有缺點，有長處也有短處，絕不會是十全十美的。但我們卻不能以爲浪漫小說是不忠實人生的，因爲它的情節雖然不眞實，而它所顯示的是一個擴大理想的人生。偉大的浪漫小說不必一定與現實相符合，而是用想像表現人生的眞諦；所以想像是浪漫小說的原動力。史蒂文生的《化身博士》[9]自然是現實裡所絕無，但人的性格卻正是這樣善變的。《西遊記》裡的孫悟空、豬八戒，世界上當然沒有這種人，但他們代表人類所不同性格的幾種典型。

寫實小說是作者將觀察所得，照實寫出來，並不滲入幻想。他的敘述正是我們日常所見到的、所遇到的。這一類的小說只是事實的記述，沒有想入非非的描寫，如狄更斯的《塊肉餘生記》、薩克萊的《浮華世界》[10]，中國的《紅樓夢》、《儒林外史》[11]等。所謂的「自然主義[12]」就是寫實主義發展到了最高潮，赤裸裸不加改變的寫實，也有人稱之為「新寫實主義」。如果以寫實主義比作繪畫，那麼自然主義就可比作攝影了。這一派作家傑出者是法國的左拉[13]和巴爾札克[14]。

無論浪漫或是寫實。目的同是表現眞理（truth），克洛福特說過：「寫實作家告訴我們現狀是怎樣的，浪漫作家告訴我們應該是這樣的。」寫實派注意人物，浪漫派注意動作。兩者的不同並不是材料的問題而是方法的問題，就是作者對素材怎樣處理；所以喬治·艾略特[15]可以將《七個破風之家》改為一部寫實的小說，霍桑[16]可以將《希拉絲馬娜》改為一部浪漫小說，這全在乎作者的手腕了。在處理上，兩者自然也是不同，寫實派常用歸納法，從記敘的事實裡歸納出一種眞理，偏於客觀的；浪漫派常用演繹法，先表示一種觀念，再用特殊的說明，來證實這個觀念，偏於主觀的。寫實派全靠事實作根據，浪漫派則憑想像來活動，不受時間和區域的限制。

二、小說的三個要素

小說包含三個因素：第一、所發生的事件，這是情節（plot），也就是小說的結構；第二、何人所遭遇到的，這是人物（character）；第三、何時何處所發生的，這是背景（setting）。下面就簡略地分別來討論。

故事一定有它演變的過程，從開始至結局，作者必須先要下一番布局的功夫，這就是小說的結構。小說家收集了許多素材之後，即要加以整理，何者可用，何者剔除；再將這些經過挑選的材料，按照邏輯的原則排列成一種方式。舊小說是不注意結構的，《十日談》[17]完全以因果來排列，《西遊記》是將許多可以獨立的片段並列在一處。近代小說才注意結構，創始於十八世紀英國理察遜[18]的《美德的報酬》和狄福[19]的《魯賓遜漂流記》。

小說結構最基本的原則就是「統一」（unity）。作者在一篇小說之中，必須要有一個重心，一切布置都是爲這重心而設，一切動作和演變也都是爲了完成這目標而推進。每一直接或間接的事實都有因果關係，凡是和連貫的事實沒有關係的，都在摒棄之列。好的小說，各章各頁、每句每字都能互相呼應，同以一中心思想爲歸宿，事實和人物都是以表現這思想的。所以在開始寫小說之前，作者必定先要確定一個結局，某處詳敘，某處略述，一切演變都向這結局推進。

小說結構的方式並沒有固定，須視故事的演變而安排；和作者的天才及經驗也有關係。最簡單的結構是敘述一個人物的種種遭遇，如《魯賓遜漂流記》只是以他一人爲主體的。近代小說的情節大多有波動性，它往往寫兩個以上事實的發展，雖然錯綜複雜，必可尋出一個主題。譬如《艾凡赫》裡面包含三個故事的發展，一是艾凡赫和羅伊娜，二是雷培嘉和布拉安，三是約翰王和理查王。由於艾凡赫和雷培嘉相愛，以及羅伊娜被布拉安的黨徒所誘拐，第一和第二兩個故事就發生密切關聯。由於艾凡赫和布拉安同被圍困在城堡裡，又和第三個故事有了連繫。這三個故事錯綜交織成這一部小說，正好像不同的彩線結成一張美麗的圖案。艾凡赫的故事當然是主體；其他兩個，我們名之爲「輔助情節」（sub-plot），它的功能是聯合小結束和連貫事實，不能脫離主線而獨立。有許多小說只是幾個片段事實的湊合，可以各成起訖，《西遊記》中寫著唐僧的八十一難，即使刪去一部分，也不妨礙整個故事的進展。喬治．艾略特的《米德爾馬琪鎭》[20]也是幾個故事並沒有密切的連繫。這種鬆弛的複雜結構，是不合小說的統一原理的。複雜結構應該緊密，一切演變都向一個結局進展，不可分割或是略去的。

我們可以大概地將結構的情形說一說，作者首先介紹人物，說明他們的關係，這一個階段須緩慢而清楚；於是故事眞正開始，人物逐步發展，演變逐漸複雜，齊向高潮（culmination）推進。浪漫派的小說高潮大都是在主角遇到最危險關頭的時候，有些故事，結束就是全書的高潮，高潮過去也就是困難獲得解決，接著就是全書的結束了。通常在高潮之後，新的人物是不可再有出現的。同樣一個故事，因爲作者處理的不同，可以有不同的結構，譬如霍桑的《紅字》[21]，如果由喬治．艾略特來寫，他或許先寫海絲妲幼年在英國的情形，再寫她和奇林華治的相遇，分析他們結婚的原因；然後再使他們渡海，海絲妲遇見了丁斯岱，再詳述她和他熱戀及私通的經過，也許海絲妲的失身是全書的焦點，此後只是分解而已。但是霍桑將海絲妲失身的經過作爲開端，目的在表現她在情人與丈夫間的糾葛，所以「紅字」的披露成爲全書的焦點了。

小說中的事實可分直接和間接兩種。直接的事實是輔助連貫事實向結局推進，而間接事實是阻礙連貫事實向前進行的。前者自然是必須的，而後者可使故事更曲折而多變化，使結局更爲有力。無論是直接、間接的事實，都要和主題發生關係。小說中這兩種事實是不可缺少的，但不能太明顯，使讀者發生厭惡。中國舊小說中，才子佳人的結合一定有間接事實（惡人的破壞），但結局則一定是大團圓，往往讀者早已料定，這就毫無精彩可言了。

小說有用主角本身語氣的，一個人敘述自己的遭遇，像《塊肉餘生記》、《簡愛》[22]用這種語氣是很生動的。用第一者口氣來敘述是很少的。普通都是用第三者的口氣，作者可以自由發揮他的見解。敘述的方式除了用人物的遭遇事件，依次敘述外；有用寫信方法敘述的如《美德的報酬》；有用日記方式的如《魯賓遜漂流記》。這些方式現在已經很少再用了。結構是由人物遭遇的事實來組成的，這許多事實不但可以發展情節，而且同時表現了人物和環境。

小說的開段是作者說明環境，介紹人物，使讀者有一個明顯的印象，這些謂之「事前事實」（antecedent action）。作者寫開端的方式也有不同，有用對話作為開始，但對話要清楚而有趣。司各特[23]常選擇一種浪漫色彩的環境作為開端，像《艾凡赫》，他開始就描寫黑暗的森林裡起了狂風暴雨，因為環境在浪漫小說裡是很重要的，但描寫也不宜太長。有些小說的開端是一點簡單而活潑的敘述，也有以描寫人物為開端的。小說的結束自然較開端為容易，因為在動筆之前，結局早已確定了。高潮過去，結束不必作為無謂的延長，也不能故意使結局變為圓滿。《紅樓夢》的結束如果是賈、林完婚，就是不合邏輯，和情節演變的過程不相吻合；不能為了讀者的愛惡，故意造成不應喜而喜或不應悲而悲的結束。

說書先生必須要有一種本領提起聽客的興趣，就是俗語所謂的「賣關子」。為了保持讀者的興趣，這種本領也是小說家所應有的，叫做「懸宕」（suspension）。我們可以用幾種方法來達到這個目的：

第一、作者可暗示讀者，某事將要發生，某人將要出現，這樣能夠刺激讀者的好奇心而增加興趣。

第二、一章的結束正在緊要的關頭，讀者「欲知後事如何」，就不得不聽「下回分解」；如《浮華世界》裡有一章的結束正是喬治受傷將死，艾美爲他祈禱，無疑地我們一定要接著去下面一章。好像《珍珠塔》[24]說到方卿中了狀元，假扮道士來見陳翠娥，久別重逢，自有一番話說；可是說書先生將「痛責方卿」留著下次再說，於是聽客要知道如何痛責，下次就不得不來了。

第三、一件事情到了危險的境遇，作者反而掉筆去寫其他方面的事。舊小說裡忠臣孝子遇難綁赴法場，就要開斬，讀者自然非常焦急；而作者卻分筆去寫他們的親友如何營救。讀者希望營救成功，一定提起精神，手不釋卷了。

第四、用意外的事來刺激讀者，譬如樹林裡忽然出現一群強盜，我們要曉得他們從何處而來，一定會繼續看下去的。故事進展接近高潮的時候，也可鼓起讀者的興趣。

結構是小說中一個因素，和人物環境都有關係。單是結構佳妙，還是不夠。結構是人物的行動，環境是結構的背景；如果只顧結構佳妙，而使人物脫離現實，使環境變成不調和的背景，是很危險的。通常人物和環境決定之後，再安排結構。但無論是先有結構後選人物，或是先有人物再有行動，或先有環境而後完成人物與結構，這三者必須相互爲因，調和一致才能使整篇生色。

再說人物，小說中的情節必須要由人物表現的。作者要用想像來創造幾個人物，無論是實在的或是虛構的，再確定他們的個性和地位的輕重。偉大的人物必能代表人生的某一面，這種人物最有價值。也有作家依讀者對象而創造他的人物，像《金銀島》是以年輕人爲對象的。

描寫人物，需要寫出他的兩種性格，一種是「類型」（typical traits），一種是「個性」（personal traits）。「類型」是最普通的（generic），個性是特殊的（specific）。莫里哀[25]的《僞君子》[26]除了代表虛僞人物的類型，還具有他本身獨有的性格。人物具有類型，才能眞實，具有個性，才能具體，給予讀者深切的印象。好的人物，一定是由這兩種性格結合而成的。人物的本身可以分爲兩種：靜止的（static）與活動的（kinetic）。前者不受環境的影響而改變他的性格，自始至終只有一種性格，後者則隨著環境的轉移而改變他的性格。舊小說中的人物大都是靜止的，奸臣始終是奸臣，忠良始終是忠良。作者只顧到性格的應付環境，忽略環境能影響性格了。在小說中，這兩種人物都應該要有；主角大多是活動的，而配角多是靜止的。浪漫派小說家從想像中創造人物，多是靜止的；寫實派作家從觀察中刻劃人物，多是活動的。

表現人物的方法分爲直接和間接兩種。直接的表現，作家是站在人物與讀者之間，好像是介紹人或是解釋者；間接的表現，作家是避開自己，使人物與讀者直接發生關係。這兩種方法常是併用的。

直接表現的第一種是直述（exposition）。這是最原始的方法，作者用自己的解釋來介紹他的人物。直述只能用之於小說的開端，如果用於中間，足以阻礙情節的進展，因爲讀者好像是在讀一篇論文，只聽到解釋，不看見人物，不會發生具體的印象。這種方法在近代小說中已經不適用了。第二是描寫（description）。這比前者爲進步，直述只能使我們聽到某人如何如何，而描寫卻讓我們親眼看到某人的一舉一動。有些作家喜歡一口氣描寫某一人物非常詳細，有些則逐漸加以描寫。第三是心理分析（psychological analysis）。作者將人物的行動加以分析，半是敘述，半是論說，告訴讀者人物內心的思想和情感，它的缺點也在於容易阻滯情節的發展。第四，由一個人物的口中說出另一人物的性格，這方法，珍·奧斯汀[27]用得最好，不但可以顯示被說人的性格，而說話者的性格也同時因此而表現。

間接表現現實較直接爲滿意。第一、是用談話來表現人物的性格，譬如在甲與乙的談話中說出丙是怎樣的一個人，這種方法是很自然的，能給讀者深刻的印象。第二、用行動來表現，這比用言語更爲有力。一個人的舉動自可代表他的性情，甚至一個小動作也能透示人的個性。動作能直接刺激我們的感覺，不需要任何解釋，立刻就能了解。這完全是客觀和具體的敘述，沒有半點解釋意味。第三、用一人對其他人物的影響來反映它的個性，這一種方法是很精巧的；譬如荷馬不直說海倫的美麗，而寫旁人對她的傾倒。中國形容美麗所用的「沉魚落雁」、「羞花閉月」也是這一種技巧。也用環境來表現人物，描寫人物周圍的情景來襯映他的性格。

人物的多少，須視故事的需要而定，但作者的著力處只能在於幾個重要的角色。《紅字》中只有四個主角的描寫，《塊肉餘生記》雖然包含許多人物，只有大衛、皮哥提、小艾蜜萊等幾個人使我們不能遺忘。《紅樓夢》中也有賈寶玉、林黛玉等少數幾個人最爲佳妙。主要角色是結構的骨幹，自然不可缺少；但配角的增添也有它的功用。狄更斯的小說裡，常用配角來製造詼諧（humor），有些用配角來解釋主角的行動或作爲對照；也有用配角來表現某一地方的色彩。如果小說某一場面需要多數人物，就必須要用配角來湊數了，作者如果對配角作過分的描寫，常會分散讀者的注意力而感覺不快的。

「環境」也是小說中不可缺少的一個要素。環境就是背景，包括時間、地點與自然及社會的狀態。最早的故事只注重趣味，不講背景的；像《十日談》裡有故事與人物，沒有固定的環境。十六世紀的作家採用「環境」，也不過爲了裝飾，將情節與人物加上美觀的背景，目的是表現藝術，並不是表現人生。近代小說興起之後，環境才和情節、人物發生關係，列於同等地位。狄福首先用了「環境」來幫助情節，費爾丁[28]更進一步用「環境」表現人物，於是三者相互爲用，不可或缺了。

十九世紀的社會家認爲環境是行動的起因，也可以影響人物。——這兩點就是環境主要的功用。我們在不同的環境裡會發生不同的感覺；在綠葉成蔭的樹下，便想小坐休息；流水之旁，使人發生莫名的快感；日常生活中，因時間、地點的的改變而產生不同的感覺，是很平常的。小說中因此往往以環境來引起情節，這情節既由環境所引起，環境就成爲這情節的動機了。寫一恐怖的故事，作者須先布置一種可怖的環境；寫快樂的故事，須先創造一個與此故事有同樣意象的環境。人類除了天賦的性格外，必須要受到外力的影響，所謂「近朱者赤，近墨者黑」，就是這個原理。所以小說中的人物，也因環境的轉移而改變他的性格。哈代[29]和左拉最注意環境的影響人物。

表現「環境」，最常用的方法是描寫（description）。無論時間、空間、社會狀態，甚至服裝、氣候等的描寫，都不可忽略。司各特的小說中常有極詳盡的描寫。一個發生在熱帶地方的故事，那麼一切的描寫必須要表現出熱帶的特殊色彩。我們寫清末的故事，就不能混入現代的服飾起居。寫實主義和浪漫主義的描寫環境是不相同的，前者只求眞實，處處要和實務相符合，基於精密的觀察；而後者則沒有模仿現實的必要，單憑想像來製造一種環境，只要與人物情節相適合，表現人生眞理。浪漫作家只重視歷史精神，不顧是否適合事實的。

作者對這三要素須布置妥當，然後再動筆逐漸寫成一篇小說。通常我們先擬定幾個人物，再安排一種情節，配上了適合人物與情節的環境。不能用人物去湊結構，也不能忘了環境能引起動作與影響人物。有時某一人物也能影響另一人物的。

除了小說的結構、人物、環境外，我們也需要知道作者的用意。有一部分的作品雖然不過是聊供消遣；但大多數的小說，只要我們加以研究，就可知道它的用意。《尼古拉·尼克拉比》是狄更斯對於當時學校虐待兒童的攻擊；《浮華世界》是薩克萊對上流社會虛僞的諷刺。《水滸》反映宋代官僚的腐敗，《紅樓夢》暴露士大夫的生活狀況。小說的「眞實於人生」（true to life）也有幾方面的，或是情節眞實，或是對話眞實，或是人物眞實，或是精神眞實，或是作者思想的事實，這種種在讀的時候都可覺察的。

小說可分爲長篇、中篇、短篇三種。長篇與中篇在本質上並沒有什麼不同，短篇小說不僅篇幅較短，技巧也是不同的。長篇是敘述整個人生，而短篇是描寫人生的某一部分；所以在技巧上，短篇小說只能採用最能表現作者意旨的敘述方式，不但不能隨便插入鋪張，或無關緊要的描寫，而且每一句每一字都需要斟酌，要以最經濟的文字發揮最動人的力量。以技巧言，短篇較長篇更爲精緻。短篇小說的歷史很短，十九世紀末，歐洲作家才密切注意短篇小說的發展；中國直到文藝興起，才爲人注意。

三、小說的歷史

歐洲近代小說是以理查遜的《美德的報酬》爲開始的，十八世紀以前，文學實以詩歌、戲劇爲主。從理查遜開始到十九世紀，小說呈現了蓬勃之勢，浪漫派的巨子如：司各特、雨果[30]、普希金[31]等，寫實派的大人物如：巴爾札克、狄更斯、薩克萊、果戈里[32]。自然主義的作家是福樓拜[33]、左拉、莫泊桑[34]等，現在小說已成為文學的主要源流，寫作也越趨精巧了。

小說在中國有很悠久的歷史，《漢書．藝文志》雖將「小說」列入十家之中，但卻視為無足重輕的，所謂「小說家者流蓋出於稗官，街談巷語、道聽塗說者之所造也。」這種觀念影響甚大；所以小說始終是被認為是消遣的東西，淵源雖早，發展卻很慢。兩漢、魏、晉、六朝的小說，差不多都是神怪的故事，結構也很幼稚。唐代傳奇興起，小說才見發揚，內容也由神怪擴而為豪俠、豔情、詼諧、別傳等等。形式上，因為有存心而作小說的人，所以剪裁得當，結構較為嚴密。當時的傑作如《長恨歌傳》[35]、《李娃傳》[36]、《會眞記》[37]、《霍小玉傳》[38]、《虬髯客傳》[39]等，這許多小說對於元曲有極大的影響。

宋代小說最大的貢獻是：創始用俗語寫作，而且分章回，為後世白話章回小說之祖。因為宋代小說不但給人閱讀，而且適合講述，正好像現在的說書一般，所以小說已由唐代士大夫階級的「傳奇」，變為民間通俗化的「評話講史」了。現存的有大宋宣和遺事、京本通俗小說等。

元代雖是雜劇時代，因受了宋人話本的影響，小說也很發達，產生兩大傑作：

《水滸傳》和《三國演義》。明、清章回小說已經很普遍了，明代的兩大巨著是《西遊記》和《金瓶梅》[40]，此外如《今古奇觀》[41]、《龍圖公案》[42]、《女仙外史》[43]、《列國志》[44]等，現在還擁有它們的讀者。清代的一部千古巨作，就是曹雪芹的《紅樓夢》，它具有文學上崇高的價値。蔡元培、胡適之等都對這部書下過一番研究的功夫，而成爲「紅學」的專家。文學革命之後，小說的發展百尺竿頭，放出燦爛的光輝，人才輩出，作品豐富，西洋名著都有了譯本，理論和批評也有了專書。

注釋

1 **艾凡赫** 參見「司各特」條。

2 **傲慢與偏見**（Pride and Prejudice）
英國女小說家珍．奧斯汀所著。寫女主角伊莉莎白在一個鄉村舞會中初遇達西，因他對鄉村女子態度高傲，又批評她，她立即對達西有了偏見。此後作者運用了極高的藝術使伊莉莎白的偏見越來越深，同時使驕傲的達西對她發生愛情，後來兩人相遇於韓福斯牧師家，一方是傲慢侮辱的求婚，一方是憤怒的拒絕。經過一番的覺悟，偏見消失，傲慢變謙和可憐，終於結婚的故事。

3 **曹雪芹**（？—一七六三，一作？—一七六四）
清代偉大小說家。名霑，字夢阮，號雪芹、芹圃、芹溪，滿州正白旗包衣人，原籍豐潤（今屬河北）。曹寅孫。自其高祖起，世代任江寧織造，家勢貴盛。其父以事獲罪，產業抄沒，家逐衰落。性傲岸，不諧於俗。中年後居於北京西郊，生活困苦，以賣畫和依靠朋友接濟渡日，卒年未及五十。曾以十年左右時期寫作小說《石頭記》（即《紅樓夢》），未成而卒（參看「紅樓夢」條）。

4 施耐庵（約一二九六—約一三七〇）

明初小說家。傳爲《水滸傳》作者。名子安，一說名耳，興化（今屬江蘇）人，原籍蘇州。相傳爲元至順進士，曾出仕錢塘兩年，因與官場不合，棄去還鄉，遷居興化白駒鎮，閉門著述。

5 金銀島（Treasure Island）

英國史蒂文生所作小說。寫一小孩偶然發現一個海盜藏金所在。有幾個紳士帶他去掘金，海盜也抱著同樣目的前去，兩方人馬經過很久的爭鬥，這期間，聰明的小孩盡了不少力量，終於剷除了惡盜而得到藏金。描寫海洋生涯、強盜生活、緊張情緒都到了生動活潑的地步，所以是少年們最喜歡讀的一部作品。

6 七個破風之家（The House of Seven Gables）

美國小說家霍桑所作。小說以薛列姆的古老家族爲中心，嘗試著比較新舊時代的異同，進而透過往昔的壓力和眼前的苦惱，追求未來的展望。

7 搜神記

志怪小說集。東晉干寶作。二十卷。今本已非原書，由後人綴輯增益而成。所記多爲神怪靈異，但也保存了不少民間傳說。

8 述異記

凡二卷。舊本題梁任昉撰。文頗冗雜，大抵剽剟諸小說而成，眞僞參半。

9 化身博士（The Strange Case of Dr. Jekyll and Mr. Hyde）

英國史蒂文生著。寫位備受崇敬的博士哲基爾，因沉緬於縮身藥的效用，在服下他所製的藥劑後，一變爲醜惡可憎的侏儒，被稱爲海德。其後經由律師烏特森的追查發現哲基爾博士具有雙重性格，一是備受注目的哲基爾博士，一是邪惡的海德。最後哲基爾博士試圖消除海德，但已遷延過久，無法控制。當他再回實驗室時，祕藥已罄，而海德再次出現，他自認唯有一死，方能永除海德。

10 浮華世界（Vanity Fair）

英國薩克萊的小說，寫實主義作品。寫兩個少女的故事。一個是無情而有智慧，傲慢而富於才幹，且有一種大膽的本色，屢次藉故或玩弄愛情以得到金錢上的滿足，而與世浮沉。一個是無智慧而有情，溫長貞淑而甚爲可憐，單純老實而屢遭困頓。全篇充滿冷嘲熱諷的筆致，而對於受痛苦的可憐人深表同情，很可感動人。

11 儒林外史

長篇小說。清代吳敬梓作。原本五十回，最初刊本五十六回（臥閑草堂本），後又有六十回石印本，今流行本五十五回。語言純淨精鍊，富於表達能力。「秉持公心，指擿時弊，機鋒所向，尤在士林；其文又慼而能諧，婉而多諷」，成爲中國古典諷刺文學的傑作，對近代文學有很大影響。

12 自然主義（Naturalism）

自然主義在美學上和文藝史上有兩種意義。美學上所謂自然主義是以模仿客觀的自然爲藝術目的。文藝上的自然主義是十九世紀末到二十世紀初的一種文藝思潮。這思潮以法國爲中心，遍及於歐洲各國。在這以前有寫實主義；在這以後，便是象徵主義及神祕主義的時代。從描寫方面觀察，自然主義可以分爲「本來自然主義」及「印象自然主義」。前者是純客觀的，後者是插入主觀；前者是寫實的，後者兼帶說明。總之，這主義的興起原因，無疑是受近代自然科學的影響，主張運用科學的態度作爲處理藝術的手法，而對於人生的描寫主要在求眞、求美，至於是否是善則不過問。左拉及莫泊桑等人的作品，就是自然主義的代表作。

13 左拉（Emile Zola，一八四〇—一九〇二）

法國大作家，自然主義理論家。生於工程師家庭。早年喪父，當過職員，長期失業。在《實驗小說論》文中，提出自然主義的創作原則，主張作家應該是事實的記錄者。

14 巴爾扎克（Honoré de Balzac，一七九九—一八五〇）

法國偉大的自然主義作家。生於中產家庭。早期作品帶有浪漫主義色彩。一八二九年寫成長篇小說《朱安黨》，反映十八世紀末的社會動向，奠定他此後作品的自然主義方向，並開始了規模龐大的《人間喜劇》的創作。《人間喜劇》包括小說九十七部，主要反映十九世紀前半期的法國社會生活。

15 喬治．艾略特（George Eliot，一八一九—一八八〇）

英國女作家。原名瑪麗．安．艾文斯。入學時期不長，但自習各國文字。曾研究歷史和哲學，與當代的英國哲學家史賓賽及文學家路易斯往還甚密，深受孔德實證主義的影響。主要小說有《亞當．柏德》、《佛羅斯河畔上的磨坊》、《織工馬南傳》、《羅慕拉》、《弗立克斯．霍爾特》、《米德爾馬琪鎮》等，反映出對農村生活的同情，對社會浮華生活無情的揭發。她可說是英國最偉大的小說家。

16 霍桑（Nathaniel Hawthorne，一八〇四—一八六四）

英國浪漫主義小說家。生於沒落的清教徒家庭。作品揭露清教徒的市儈精神，帶有陰鬱的情調。代表作長篇小說《紅字》，譴責十七世紀美國的殘酷習俗，反對虛僞的傳統道德觀念，但作者深受宗教思想影響，認爲人類有罪惡的天性。

17 十日談（Decameron）

義大利作家薄伽丘的短篇小說集，文藝復興時期的重要著作。寫於一三五〇年。包括一百個故事，描寫當時新興市民階級對禁慾主義的反抗，揭露貴族僧侶的卑鄙、虛僞和殘暴。本書傳布人文主義思想，促進歐洲小說發展，影響很大。

18 理查遜（Samuel Richardson，一六八〇—一七六一）

英國小說家。生於木匠家庭。擅長用書信體小說描寫家庭日常生活，刻劃人物的內心活動。主要長篇小說《美德的報酬》，反映十八世紀英國的家庭生活，批判貴族的腐化墮落，宣揚清教徒式的道德原則。

19 狄福（Daniel Defoe，一六六〇—一七三一）

英國作家。生於商人家庭。早年以寫政論和諷刺詩著稱，晚年開始發表海上冒險小說、流浪漢小說和歷史小說。

20 **米德爾馬琪鎮**（Middle March）

英國女小說家喬治．艾略特所著。以米德爾馬琪鎮爲舞臺，描寫三位性格不同的女性身邊有關戀愛、結婚，以及生活的方式。堪稱喬治．艾略特的最大傑作。一八七一年—七二年間發表。

21 **紅字**（The Scarlet Letter）　參見「霍桑」條

以十七世紀的波士頓爲舞臺，以清教徒社會中地位最高的牧師與人通姦之事件爲主軸，描述人性的良心問題，社會的道德與自由，愛與恨，以及女性的溫柔、美麗及束縛等人性問題。作者善用明暗對比的象徵手法寫作，作品直到今天依然保有特殊的魅力和意義。

22 **簡愛**（Jane Eyre）

小說名，爲英國女作家夏綠蒂．勃朗特成名作。於一八四七年出版。寫女主角簡愛自幼孤苦伶仃，備嘗艱辛，及長任家庭教師，認識家主羅徹斯特，兩人發生愛情並決定結婚。不意在舉行婚禮時有人提出羅重婚，遂中止婚禮。蓋羅原有一瘋妻，不忍送往瘋人院，乃藏於家中，外人不知。簡乃離去以求心安。後羅因從火中救妻，爲火所傷，簡又重回他身邊和他結婚。這種非世俗、重精神的戀愛，風行一時。

23 司各特（Walter Scott，一七七一—一八三二）

英國詩人，歷史小說家。生於蘇格蘭貴族家庭。一八一四年後從事歷史小說創作，內容包括十字軍東征起，經過十七世紀英國革命到十八世紀君主立憲時期爲止的歷史事件。《艾凡赫》（一譯《撒克遜劫後英雄傳》），描寫撒克遜農民反對諾曼封建君主的故事。

24 珍珠塔

全名《孝義眞跡珍珠塔全傳》，又名《九松亭》。長篇彈詞。清無名氏作，後經周殊士增補。一說蘇州彈詞腳本係馬如飛改編全書對人情冷暖、世態炎涼加以諷刺，藝術結構與人物性格描寫均較細膩。

25 莫里哀（Moliere，一六二二—一六七三）

法國偉大的喜劇作家。生於宮廷裝飾師家庭。從小酷愛戲劇。一生共完成喜劇三十七部，主要反映平民對專制政體及其文化的抗議，曾引起天主教教會攻擊。他的創作突破古典主義的陳規舊套，發展了寫實主義精神，對法國和其他歐洲國家戲劇的發展，影響很大。

26 僞君子（Tartuffe）

莫里哀的戲劇，法國古典主義作品。阿龔是一個小有資產的人，一家五口相處和睦。他爲人本來正直、坦白，但自從遇見虛僞的達爾杜弗以後，受到達氏虛僞的欺騙，以致家人不和，家產受騙，最後幸賴其妻揭露達氏的陰謀，國王及時干涉，才將人面獸心的達爾杜弗加以懲罰，一家人得以無恙。

27 珍・奧斯汀（Jane Austen，一七七五—一八一七）

英國女作家。生於農村牧師家庭，一生大部分時間在家鄉度過。著有長篇小說《傲慢與偏見》。

28 費爾丁（Henry Fielding，一七〇七－一七五四）

英國大小說家。生於破落的貴族軍官家庭。曾爲劇院編寫劇本，一度主持過小劇場。前後寫了《唐吉訶德在英國》等二十五部政治諷刺喜劇，曾遭政府禁演。四十年代以後致力寫作長篇小說。費爾丁的創作具有民主傾向，常從人道主義立場批判當時的社會現實；筆調幽默，善於諷刺。

29 哈代（Thomas Hardy，一八四〇－一九二八）

英國傑出的寫實主義作家。生於沒落的貴族主義家庭。前期從事長篇小說工作，後期轉向詩歌創作。他的作品雖帶有悲觀調子，但對民間貧窮不幸的生活充滿同情，對城市文明與道德，作了無情的揭露。

30 雨果（Victor Hugo，一八〇二－一八八五）

法國偉大作家，浪漫主義文學的代表。生於軍官家庭。一八二七年發表劇本《克倫威爾》，在序言中提出反對古典主義的藝術觀點，後來成爲浪漫主義的宣言。

31 **普希金**（Alexander Sergeivitch Pushkin，一七九九—一八三七）

俄國偉大詩人。生於貴族家庭。童年時代開始寫詩，求學時受十二月黨人和恰達耶夫等人的思想影響，一生創作活動深遭沙皇政府和宮廷貴族的憎恨。他的創作豐富，對於俄國文學和世界文學都有巨大影響。

32 **果戈里**（Nicholas Vasityevitch Gogol，一八〇九—一八五二）

俄國偉大作家，俄國自然主義文學奠基人。生於烏克蘭地主家庭。從小熟悉鄉村生活，酷愛戲劇。喜劇《欽差大臣》（一八三五）、長篇小說《死靈魂》（一八四二）是他創作的頂峰，深刻描寫在農奴制度下，俄國停滯落後的社會生活，創造許多突出的典型人物。

33 **福樓拜**（Gustave Flaubert，一八二一—一八八〇）

法國自然主義作家。生於醫師家庭。早期作品，帶有浪漫主義色彩和憂鬱情調。一八五七年發表長篇小說《包法利夫人》，以自然主義手法，描寫法國外省的生活風尚，揭露中產社會道德的墮落。

34 **莫泊桑**（Guy de Maupassant，一八五〇—一八九三）

法國自然主義作家。生於沒落貴族家庭。在創作上曾得福樓拜和屠格涅夫的指導，一生寫了近三百篇短篇小說和六部長篇小說。

35 **長恨歌傳**

傳奇篇名。唐代陳鴻據白居易〈長恨歌〉爲《長恨歌傳》。歷敘貴妃得寵，致安祿山引向宮闕。貴妃死後，玄宗始終不悔，猶有求仙之舉。文筆委婉，富有抒情特色。

36 **李娃傳**

傳奇篇名。唐代白行簡作。寫滎陽公子與妓女李娃相愛，幾爲父打死，終賴李娃救護，獲得美滿結局。小說歌頌了李娃的高尚品德，人物性格突出，故事波瀾起伏，結構完整，是唐傳奇中的優秀作品。

37 會眞記

唐傳奇《鶯鶯傳》異名。唐元稹作。寫鶯鶯和張生互相愛慕，私自結合，又爲張生所拋棄的故事。作者對鶯鶯勇於反抗禮教的精神和善良性格，作了讚美，本篇對後代文學作品發生很大影響，著名的《西廂記》即取材於此。

38 霍小玉傳

傳奇篇名。唐代蔣防作。防字子微（一作子徵），家居義興（今江蘇宜興），元和、長慶時人。作品透過進士李益對霍小玉始亂終棄、小玉憤激而死的故事，反映了當時婚姻問題上的社會問題，歌頌了霍小玉剛烈倔強的性格，譴責了李益勢利熏心的卑劣行徑。

39 虯髯客傳

傳爲唐末杜光庭作。光庭字聖賓，處州縉雲（今浙江）人。作者透過李靖、紅拂女和虯髯客的結識和政治活動的敘述，寄託唐末亂世時，有俠客出而匡救世局的幻想。人物性格鮮明，結構巧妙。

40 金瓶梅

長篇小說。明代蘭陵笑笑生作。萬曆年間刊行，相傳爲王世貞所作。全書一百回。與《水滸》、《西遊記》並稱明代三大傳奇。此書敘寫家庭瑣事，婦人性格，以及人情世態，莫不刻劃至肖。其成功尤在婦人之描寫，但以其隨處可見淫穢的描寫，而成爲禁書，如刪除這些部分仍不失爲一部好書。

41 今古奇觀

話本選集。題《姑蘇抱甕老人輯》。共四十篇：二十九篇選自「三言」，十一篇選自「二拍」。作品以明代爲限，宋元舊作未收。選錄較嚴，從主要內容來說，這是一部較爲精粹的明人話本選集。過去流傳較廣，影響頗大。

42 龍圖公案

又名《包公案》。明代無名氏作。有繁簡兩種，繁本一百則，簡本六十六則，每則一個故事。有關包公斷案的民間傳說，大都收入。暴露了當時社會的黑暗，反映出一般人的願望。但是迷信思想相當濃厚，也有一些猥褻的描寫。另有《龍圖耳錄》

一百二十回，係聽石玉昆說《龍圖公案》時的筆錄本。

44 女仙外史

神魔小說。清初呂熊作。共一百回。作者可能有反清復明的思想，但具體表現卻是爲建文帝爭正統。

45 列國志

中國歷史小說名。不詳撰述人姓氏及撰述年代，內容以《左傳》、《史記》等書爲藍本，兼採《吳越春秋》及《國語》、《國策》等書的故事。所敘事實與上述各書頗有出入，但在民間頗爲流傳。

第四章 戲 劇

戲劇和小說同是表現人生的，所異者，小說只是用文字表現一切，而戲劇除了劇本外，還加上導演、演員、布景、服裝、道具、燈光等等；所以戲劇是綜合的藝術。由於這一點的不同，小說盡可憑自己的想像創造一個奇特的故事，用細膩的筆調描寫故事的演變，可是編劇者處處要顧到上演時的種種條件。只能讀而不能扮演的劇本，就是我們所謂的「closet drama」了。

一、戲劇的剖視

劇本當然也有結構，在戲的開端，劇作者必須介紹人物，透露劇情，這叫做「初步說明」（preliminary expostion）。《哈姆雷特》這個戲裡，一直到哈姆雷特遇到父親的靈魂，戲才真正開始，在這一個情節之前，都是幕後事實的敘明。所以「鬼的出現使他發生疑惑」這一情節是劇情的開端，我們叫它「inciting force」。於是劇情發展趨向高潮，所謂的「climax」，就是這個戲的轉捩點（turning point）。《凱撒》裡，安東尼的演說詞就是這個戲的高潮。審訊一幕，在《威尼斯商人》裡好像是高潮，實在巴沙尼奧選中了盒子和波吉亞結親，已經註定薛洛克的失敗，這裡就是戲的轉捩點。莎士比亞的劇本高潮常在第三幕；高潮之後，劇情就趨向結束，謂之「falling action」，戲的結局就是「actastrophe」。一個戲的結構，大略可以會成左邊的圖形：

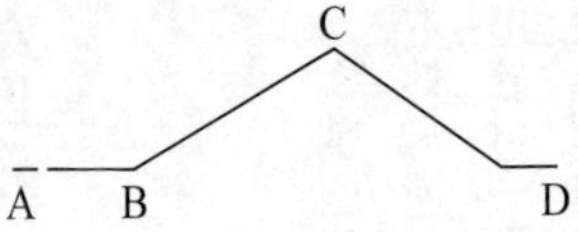

A到B是說明，B是劇情的開始，B到C是「rising action」，C是高潮，C到D是「falling action」，D是結局，這不過是結構簡單的分解。「說明」有的很長，有的很短；「高潮」有時就是結局，有時一個戲有幾個高潮。戲劇的產生，是因爲人生中起了「衝突」（conflict），如果一切事情都順利進行，戲劇也就不需要存在了。

劇本的複式結構包含幾種劇情，各有開端、發展和高潮，它們是密切相關，不可缺一，觀眾只感覺有趣而不嫌繁雜。《威尼斯商人》的結構就是複式的，包括三個故事。薛洛克和安東尼歐、巴沙尼奧和波吉亞、羅倫佐和杰西卡。「rising action」是比較容易寫的一部分，高潮的處理須有力而自然，它和結局的距離越短越好，否則觀眾緊張的情緒便容易消失，所以「falling action」是難於寫得好的。高潮過去，觀眾的情緒趨於鬆弛，興趣跟著減少，所以劇作者要使觀眾不覺得高潮的已過，仍然控制他們的情緒直到戲完。現代劇作家往往將高潮延到最後一幕來抓住觀眾的情緒，也是一種取巧的方法。總之，情節的發展要自然，不可「巧合」、「偶然」，使觀眾有不眞實的感覺。

人物的刻劃較結構尤爲重要。莎士比亞的劇本都是舊的故事，經過他的處理，就成爲創造的作品。我們看到他的初期作品，技巧還未十分純熟，往往用人物來湊結構，《威尼斯商人》的結構雖然佳妙，人物卻並不深刻，除了薛洛克之外，其他的人物都是很模糊的。但他的成熟作品如《哈姆雷特》、《馬克白》，人物與結構的關係非常密切，劇情的發展全由於人物的需要。

人物可以分爲兩種：一種是正角（protagonist），一種是反角（antagonist），薛洛克是反角，但卻比幾個正角要刻劃得好。《哈姆雷特》裡面，他本人是正角，也是描寫最好的一個，人物的多少，在乎作者創造的力量；人物多了，很難個個都好，只能集中描寫重要的幾個。因爲不同的人物有不同的個性，如果作者生活經驗不豐富，創造出來的人物自然不會逼眞。莎士比亞刻劃人物的力量是非常驚人的，他所創造的人物，無論是屬於某一階層的，每人都具有特點，正像我們日常所遇到的一樣。「人物表現」（characterization）較「結構」是更爲重要而有價値的。

劇本中的「環境」實在就是「布景」，它雖然不像小說中的「環境」那樣重要，但也能影響結構與人物。《仲夏夜之夢》必須發生在仙林之中，《可敬的克萊登》[1]一劇是因爲環境的改變而影響人物的。有時某一件事發生在某一種環境裡，可以加強戲劇的氣氛。

古代的舞臺裝置是很簡陋的，一切只能借重於「象徵」；好像中國舊劇中，馬鞭代表馬，桌子代表城牆。近代立體化的舞臺可以加強戲劇的效果，現在演莎士比亞的劇本，我們就可依自己的設計來裝置舞臺了。五幕劇最多只換五堂布景，也就是一切的事情都發生在五個不同的地點。布景越少，就是限制越嚴。現代美國作家所用的分場（scene）的方法，或是用些「搶景」，接近電影技巧，雖然不無好處，總覺得是一種取巧；因爲以布景來取悅觀眾，多少是幼稚的。現代我國話劇，多幕劇有時同一布景，就是作者賣弄技巧的純熟。至於時間、地點、動作的「三一律」，現在早已打破了。

劇本除布景外，都是靠對話（dialogue）和動作來表現的，所以怎樣寫成好的對話，自然是很重要。第一、對話要經濟和明晰，一方面說明自己和旁人的關係，一方面促進劇情的發展，沒有一些晦澀。第二、對話不僅顯示人物的情緒和態度，而且要表明他的個性和身分。《羅密歐與茱麗葉》裡面的奶媽會見了羅密歐回來，茱麗葉急問她經過的情形，而她卻慢吞吞地不痛快地說，充分顯出一個老婦人頑固的狀態。如果在一個僕人的口中說出一套高深的話，或是古裝戲中的人物滿口新名詞，就是犯了「對話不符合人物身分」的毛病。第三、對話要自然流利，如果矯揉做作，就顯得不眞實了。古裝戲中往往有對句的臺詞，但日常的談話絕不會有對句的，觀眾就要有不自然的感覺了。對話之外還有獨白（monologue）。莎士比亞戲劇中有很好的獨白，現代作家都很少用的；獨白不能太長，因爲這也是不合乎現實的。無論對話或獨白，必須要和動作相輔而行，否則便成爲背書了。莎士比亞的劇本中很少動作的說明，現代編劇家則在他的劇本上註明了人物的一舉一動。動作的唯一要義是要自然，和當時的情緒相合，譬如我們坐著的時候，聽到一件可怕的事就會突然跳起；煩悶時自然搔耳嘆氣，繞室徬徨。

編劇的技巧上，「懸宕」（suspension）也是很有用的。在沒有說明一件事之前，先有若干「預示」（foreshadowing），最後使觀眾恍然大悟。譬如主角沒有出場之前，可以從其他人物的口中先行提到；於是等他一出現，觀眾就格外注意了。「懸宕」不能用得太長，因爲反會使觀眾失望的。「對照」（contrast）也是常用的，譬如像一個卑鄙的人物和正直的人物放在一起，使觀眾的印象更爲清楚。我們爲了緩和觀眾的情緒起見，常用「comic relief」，像《凱撒》裡面，在熱烈爭辯之後，接著有一段布魯特斯和他僕人輕鬆的談話。有時故意使觀眾作某種猜度，而劇情的發展卻正相反，給觀眾一個「意外」（surprise），以增加興趣。戲劇的結局必定要「滿意」（satisfaction）；所謂「滿意」，並不是「大團圓」（happy ending），而是合理的結局。人物的上場和下場要很自然，不應來去突如。

劇本被搬上舞臺的時候，完全是導演的責任了。導演不但要設計演出的一切，而且要澈底了解劇作者的目的。所以最理想的是由編劇等任導演。最了解這劇本的自然無過於作者本人。導演的職務是講解劇情，支配演員，排演時候指示演員說話的姿勢、態度、音調的高低、情緒的強弱、地位的遠近等等。編劇者應該具有導演的基本知識，而導演也得明白編劇原理，兩者有密切的連繫，才能獲得美滿的演出。

二、戲劇的分類

戲劇通常分爲喜劇（comedy）與悲劇（tragedy）兩種。喜劇是劇中主角經過奮鬥，終能克服困難，獲得圓滿的結局；而悲劇正是相反，主角不能避免不幸的遭遇，終爲困難所壓服，造成悲慘的結局。還有一種是悲喜劇（tragic comedy），包含悲喜兩種因素，結局仍是圓滿的，所以也可歸入喜劇一類，像《威尼斯商人》中安東尼歐的得到勝利，同時也就是薛洛克的失敗。我們要明白：喜劇是用笑的方式表現人生的痛苦和悲哀，與悲劇不過是形象的不同。如果劇本中僅不過是些無謂的笑料，那不是喜劇，而是「趣劇」（farce）；它自然遠不及喜劇的有價值了。還有一種是「鬧劇」（melodrama），充滿了緊張、不平凡的情節，結局常是圓滿的，它的價值也是很低的。除了寫實的喜劇外，有一種奇幻的喜劇（fantastic comedy），用浪漫的色彩來表現人生，巴里[2]是寫這類劇本的能手，如他的《親愛的布魯特斯》[3]、《可敬的克萊登》，梅特林克[4]的《青鳥》[5]，皮涅羅[6]的《奇幻別墅》，莎士比亞的《仲夏夜之夢》也屬於這一種。過去，悲劇的結束往往是死亡，這是很笨拙的，因爲人生中，「死」並不是最可悲的事，如果求生不得欲死不能，才最可憫。所以現代的悲劇注意心靈的創傷，激起觀眾的同情和前進的心理，不專以死亡來賺取熱淚。

以劇本的題材來分，有所謂「歷史劇」（chronicle play）與「問題劇」（problem play）。前者是以歷史上的事蹟作爲劇本的材料，如莎士比亞的《理查二世》、《李爾王》，Drinkwater的「Abraham Lincoln」和「Oliver Cromwell」，Parker的「Disraelf」。中國歷史上的人物如史可法、文天祥、楊貴妃等現在也都被寫作戲劇了。後者取材於社會上一切現實的問題，如勞資糾紛、婦女問題，以及其他不公平的事件，易卜生[7]的《傀儡家庭》是關於婦女問題的，高爾斯華綏[8]的《爭鬥》寫勞資糾紛，這一類劇本最現實而具有意義。

以劇本的長短來說，可分作「多幕劇」與「獨幕劇」。多幕劇通常有三幕至五幕；獨幕劇是近代文學的產物，正如短篇小說一樣，用最經濟而有力的方式，產生和多幕劇同樣的效果。它的技巧和多幕劇無異，不過是篇幅的縮短。獨幕劇只包含一個主題和一個主角；它的開端、發展，都須迅速而有力，人物的刻劃須集中、經濟、直接。獨幕劇的內容和多幕劇一樣，有喜劇，也有悲劇，或是浪漫，或是寫實。同時，因爲它只需要一堂布景和少數的演員，在演出上較多幕劇爲便利。

三、戲劇的演進

戲劇的起源很早，原始的戲劇不過是一種單純的舞蹈和歌唱而已。逐漸的進化後，動作和對話代替了歌舞。現代由於舞臺技術的發達，戲劇變爲綜合性的藝術了。希臘戲劇是西洋最古的戲劇，由祭祀時的歌舞孕育而成的。希臘人春季祭祀狄蜜特[9]，秋季祭祀戴奧尼索斯[10]（酒神），都有歌有舞的，由此逐漸演變爲希臘悲劇。人物動作變爲主體，歌舞反成爲附庸了。

希臘人民在春季舉行各種比賽，各地人民都到雅典來參觀比賽；戲劇也是比賽的一種，於是戲劇家就競演各種悲劇。這種戲起先是在祭壇上表演的，後來在市場裡公演，最後才有舞臺的建立。爲了不使觀眾看見演員化裝，舞臺的中間用一塊獸皮隔著，大概全臺的三分之二用作演戲，後面一部分作爲化裝之用，舞臺實在就成爲半圓形了。因爲觀眾的增多，希臘人利用山的中央平地作爲戲臺，座位分置於四周，隔絕觀眾視線的獸皮也改爲木製的小屋，當作布景之用，這就是所謂「圓形劇場」（amphi-theatre）。

希臘的第一位悲劇家是埃斯庫羅斯，他減少歌唱的重要性，使對話成爲人物的主要工作，他的戲裡有兩個人物同時上場。索福克勒斯又增加一個人物，有三個人同時表演；他的戲裡動作是主體，歌唱不過是一種插曲，用來調劑觀眾情感的。同時他又用了一點極簡單的布景，這時希臘悲劇已經進入完善的階段了。他的傑作《伊底帕斯王》[11]是希臘悲劇中最好的一篇。歐里庇得斯無論在結構與人物上，都遜於索福克勒斯，他的戲接近鬧劇化，喜用女性爲主角。嚴格地講，他的悲劇實在是悲喜劇，頗合現代人的胃口。這時歌唱已毫無重要性，成爲區分幕數之用。希臘悲劇因爲遵守「三一律」，人物很難發展，優點在於莊嚴（dignity）和簡明（simplicity）。這三位希臘戲劇家可以說是世界戲劇之祖。

希臘喜劇家最著名的是亞里斯多芬[12]，他的戲劇結構很鬆懈，但想像極豐富，尤其善於諷刺，對於當時的政治攻擊甚力。他的《雲》[13]是諷刺當時哲學家蘇格拉底的；他的《蛙》[14]是諷刺歐里庇得斯的。到了米南德[15]手裡，喜劇不但是以動作爲主，而且將歌舞取消了，對話也由韻文改爲散文，所以他被稱爲近代喜劇之鼻祖，可惜他的作品都已失傳了。

羅馬人征服希臘之後，對於希臘戲劇非常愛好。普洛達斯[16]致力於翻譯工作，並滲入羅馬原有的色彩，作風是寫實的。他是一位平民化的作家，和他同時的帖連迪斯[17]是一位貴族化的戲劇家，他翻譯希臘戲劇的宗旨在於學術的探討，忠實於原著。他的作品因為太富於文藝氣味，只能供給少數人的欣賞。羅馬人是粗暴的，觀眾也多是沒有知識的平民，這是羅馬戲劇之所以不能發達的一個主因。

中世紀是黑暗時代，教會的勢力籠罩全歐洲，戲劇也遭到空前的厄運，許多希臘、羅馬戲劇都在這時代遺失了。中世紀流行的只有宗教劇，作為聖誕節或是教會舉行儀式的時候一種宣傳的工具，題材不外乎聖經中的故事，演員也都由僧侶充任。一直到文藝復興[18]，戲劇才得到新生的機會。

文藝復興之後，歐洲各國的戲劇都呈現空前蓬勃的狀態。人才接踵而起，西班牙的大作家是韋茄[19]、加爾特倫[20]，法國的古典派作家是康涅爾[21]和拉辛[22]，以及名震世界的喜劇家莫里哀。英國的一顆巨星是莎士比亞，他的偉大，無庸贅述了。十八世紀英國的戲劇家有高爾史密斯[23]和薛立敦[24]，德國有歌德[25]、萊辛[26]、席勒[27]。十九世紀以來最偉大的作家，當推挪威的易卜生。近代社會非常複雜，產生種種的糾紛，易卜生的戲劇大多是社會問題，如《傀儡家庭》[28]的婦女問題，《國民公敵》[29]的政治問題。英國的王爾德[30]是一位唯美主義的戲劇家，他的《莎樂美》脫離現實主義，形成了新浪漫主義。近世紀的大作家，德國有自然主義的霍普特曼[31]，比利時有梅特蘭克，瑞典有史特林堡[32]，他們也都是以社會、戀愛、生死爲題材的。英國的蕭伯納[33]和高爾斯華綏，寫實之中帶有諷刺和批評；巴里則注意人物和想像，浪漫色彩很重。

中國戲劇，歷史很早，也是起源於祀神的歌舞。王國維[34]的《宋元戲曲史》是第一本研究戲劇的專書，他說：「歌舞之興，其始於古之巫乎，巫之興也，蓋在上古之世。」現在雲、貴兩省的「跳月」，就是原始歌舞的遺蹟。周代歌舞已見進步，不是由平民來扮演，而是由經過訓練的人來擔任。這種人可分兩種：一種是專爲取悅貴族的，謂之「倡優」，和楚莊王時的「優孟」、秦始皇時的「優旃」一樣；另一種是祀神用的，男的叫「覡」，女的叫「巫」。他們的歷史較「倡優」爲早而更普遍，單是歌舞，並不說笑的。在表演上，「優」是較「巫」爲佳；古代兩者並重，也是中國戲劇原始的形態。

漢代除了俳優盛行之外，漢武帝時有一種新的戲劇，謂之「角觝戲」，後世稱之爲「百戲」；這是一個總稱，據張衡[35]《西京賦》[36]所記，包含打鼎、跳丸、呑刀、吐火以及獸戲等等，雖然很幼稚，但富有戲劇性。五胡亂華之後，中國成爲南北對峙的狀態，從北齊輸入的三種歌舞戲：《代面》（亦名：《蘭陵王入陣曲》）、《踏搖娘》、《撥頭》或《鉢頭》，對於宋、元戲曲的發達有很大的影響。唐代一統天下之後，昭宗時新興的一種戲叫「樊噲排闥」或「樊噲排君難戲」，是以歷史故事作題材的。同時，滑稽戲非常盛行，名爲「參軍戲」，形式很簡單，一主角「參軍」，一配角「蒼鶻」，他們有時也歌唱，但主要的是滑稽的對話，大多是諷刺當時的社會以取悅觀眾。

宋代戲劇更爲進步，由「參軍戲」變而爲「雜劇」。雜劇包括豔段、正雜劇和雜扮。這三部分是各自獨立的。角色已由兩個變爲七個：末派、引戲、副淨、副末、裝孤、裝旦、把色。一、二兩個是不演戲的，三和四表演滑稽的動作，相當於參軍和蒼鶻，這四個是固定角色。裝孤扮演官吏，裝旦扮演女子，是臨時角色。把色是奏樂的人。金「院本」和雜劇名異而實同，不過雜劇接近中國古典音樂，採用大曲者居多。從它們的劇名上看來，院本較爲複雜而進步，可惜都已失傳不能見到全貌了。

元曲是中國文學史上輝煌的一頁，元曲分三種：雜劇、套數、小令。以雜劇爲主體，套數不過是雜劇的一折而沒有對話，小令是一首短歌。元雜劇是由宋雜劇和金院本進化而來的，因爲從北方興起，所以也叫「北曲」。金代董解元[37]根據唐代元稹的《會眞記》，用諸宮調編成《弦索西廂》[38]，可以和著弦子唱，而不能在臺上表演的。元代王實甫[39]加上賓白、科介，改爲雜劇，使得可以扮演，就是現在通行的《西廂記》。元曲大多是四折，加一楔子，每折有唱、科（動作）、賓白（對話）。唱的部分僅由主角擔任，如以旦獨唱，謂之「旦本」，以末獨唱謂之「末本」。每劇之末有兩句詩，概括全劇的大意，謂之「題目正名」；像《漢宮秋》[40]之末有「沉黑江明妃青塚恨，破幽夢孤燕漢宮秋」，就以「漢宮秋」三字爲劇名了。當時這是貼在外面，使觀眾知道戲的大概，等於現在的說明書一般。所用的樂曲也都是有規定的。雜劇的內容，依《太和正音譜》[41]可分十二類：神仙道化、林泉邱壑、披袍秉笏、忠臣烈士、孝義廉節、叱奸罵讒、逐臣孤子、鏺刀趕棒、風花雪月、悲歡離合、煙花粉黛、神頭鬼面。

元末，北曲衰落，南戲興起。它的結構較北曲爲複雜，每劇分齣，一劇可有數十齣。明代更有崑曲的產生，清代則皮簧抬頭，壓倒崑曲，就是現在的平劇，這其間自然經過不少變化。近代受了西洋戲劇的影響，又有舞臺劇的崛起；外國的名著，都有了翻譯或改編。現在雖然平劇和話劇並存，但以文學價值而論，話劇自然是戲劇的主幹了。

注釋

1 **可敬的克萊登**（Admirable Crichton）

蘇格蘭的小說兼戲劇作家巴里所作的戲劇。發表於一九〇年。他描寫一家貴族航海遇險，漂流到一個荒島上，不能不服從他們一個有經驗的僕人的命令。他批評社會，但不及蕭伯納的辛辣，反而具有一種浪漫色彩。

2 **巴里**（Sir James Mathew Barrie，一八六〇—一九三七）

蘇格蘭小說家、戲劇家。著有《當一個人是單身漢時》、《不如死》等小說，多描寫蘇格蘭人的生活，語多幽默，兼含諷刺。他的喜劇如《彼得潘》、《可敬的克萊登》等也很能代表他的風格，非常有名。

3 **親愛的布魯斯特**（Dear Brutus）

蘇格蘭小說及戲劇家巴里所作之喜劇。

4 梅特林克（Maurice Materlinck，一八六二—一九四九）

比利時劇作家，象徵主義戲劇的代表。早期作品充滿悲觀絕望的情調，表現出對社會滅亡的恐懼。後期作品中雖出現樂觀因素，卻帶有濃厚的神祕色彩。

5 青鳥（Lóisean Bleu）

比利時象徵派戲劇作家梅特林克的戲劇。寫兩孩童在夢中要找尋青鳥，在記憶之土、在將來之國、在月宮中、在森林中到處找，都沒有找到。後來夢醒，鄰居一位生病的小孩要他倆養的鳥玩，他們給了他，這鳥卻眞的變成青的了，但他們把牠放出來玩時，鳥飛走了。青鳥乃是幸福的象徵，只有自己犧牲才能得到，但幸福是不能永久在握的，所以青鳥不久即飛去。全劇分六幕十二場，是一部極成功極有價值的作品。

6 皮涅羅（Sir A. W. Pinero，一八五五—一九三四）

英國的劇作家。初爲舞臺劇演員，後爲講究技巧的喜劇作家。後來受易卜生的影響，撰寫社會問題的劇作。作品有五十篇以上，作風亦多變化，巧妙的結構爲其特徵。在英國近代劇史上具先驅的地位。

7 **易卜生**（Henrik Ibsen，一八二八—一九〇六）

挪威偉大的戲劇家。生於商人家庭。早期劇本大多採用民間傳說、英雄事蹟和挪威中世紀歷史作題材，帶有浪漫主義色彩，充滿愛國熱情。晚期作品逐漸從社會批評轉向心理描寫和精神分析，表現出悲觀情緒和神祕色彩。

8 **高爾斯華綏**（John Galsworthy，一八六七—一九三三）

英國現實主義作家。生於律師家庭。小說以十九世紀末、二十世紀初英國社會生活爲背景，描寫社會道德的墮落和崩潰；劇本則對資本社會及其法律，作了深刻的批判。

9 **狄蜜特**（God Demeter）

希臘神話中的農神，主司農業、豐收與結婚的女神。

10 **戴奧尼索斯**（God Dionysus）

希臘神話說他是天神宙斯的兒子。爲希臘酒神，司人間歡樂。他又是植物生活的擬人化，表現植物及青春的歡喜。

11 伊底帕斯王（Oedipus the King）

希臘古代的作品。索福克勒斯的悲劇。獅怪斯芬克斯在泰伯斯的路上把守著，出謎語給過路的人猜，猜不著的便被牠吞吃。後來伊底帕斯經過，並猜出謎題。斯芬克斯見他猜著了，一時羞憤，就投海而死。後因立大功而爲泰柏斯國王，娶前王妃爲妻，實即其生母。後以天災之故，調查殺害前王的凶手，卻查出自己是凶手，而且他妻子即是他母親，他羞怒發狂，自己挖去了一雙眼睛。

12 亞里斯多芬（Aristophanes，西元前四四六？—三八五）

古希臘偉大的喜劇家。生平事蹟不詳。相傳他寫過喜劇四十四部，現存《阿卡奈人》、《雲》、《和平》、《鳥》、《蛙》等十一部和二十六個劇本名目。他的劇作形式自由奔放，語言機智鋒利，並使悲劇、喜劇和抒情詩的三種特色相結合，對文藝復興以後的劇作家影響很大。

13 **雲** 參見「亞里斯多芬」條。

14 **蛙** 參見「亞里斯多芬」條。

15 **米南德**（Menander，西元前三四二—二九一）希臘戲劇家。生於雅典。他是新喜劇的始祖，又稱爲「新喜劇之王」。相傳他曾作百十八篇的喜劇，但都已失傳了。

16 **普洛達斯**（Titus Maccius Plautus，西元前二五四—一八四）羅馬喜劇作家。作品據稱多達一百三十篇以上，但眞正出自其筆的只有二十一篇。寫作和上演時代不明。他從希臘劇中吸取創作的泉源，不止於模仿，而是創作出羅馬風格的劇作。重要作品有《小金壺》、《幽靈》等。

17 **帖連迪斯**（Terence，西元前一九〇？—一五九？）羅馬劇作家，生於迦太基。在羅馬爲奴隸，主人見他聰穎，把他解放。他的作品與普洛達斯同樣也是模仿希臘劇的。

18 文藝復興（Renaisance）

原義爲再生。當中古時代，歐洲的政教文化初爲日耳曼所摧殘，後又爲基督教會所壓抑，前此燦爛的希臘羅馬文化幾乎滅絕。至十五世紀，東羅馬滅亡，希臘學者避難義大利，講授古典學術，而文藝復興從此開始，初僅限於文學藝術，後漸及於一般思想生活問題。其特徵爲重自由、貴人生、尚知識，史家以文藝復興爲歐洲中古及近代的過渡時代。

19 韋茄（Carpio Lope Felix de Vega，一五六二—一六三五）

西班牙劇作家。生於馬德里。數度入爲貴族祕書，其後專事寫作，共寫劇本一千八百篇，各種體裁都有，現存約五百篇左右，影響極大。其中《外套與劍之劇》實可以代表西班牙劇的特色。

20 加爾特倫（Calderon De La Barca，一六〇〇—一六八一）

西班牙劇作家，詩人。是十七世紀中一個最重要的作家。生於馬德里，曾做過兵士，其後專心於文學及演劇上，一六五一年被任爲牧師。他的作品想像力豐富，結構精巧，並且把教義及道德感情，巧妙的詩化，而納入劇中，所以他最擅長寫西班牙流行的象徵的宗教獨幕劇。

21 康涅爾（Pierre Corneille，一六〇六—一六八四）

法國大戲劇家，古典主義戲劇的創始人。《熙德》、《賀拉西》、《西娜》、《波里歐克》被稱爲康涅爾的四大悲劇。主要反映專制國家和封建騎士制度倫理道德的衝突。他的劇作，對法國啓蒙運動和革命時期的戲劇影響很大。

22 拉辛（Jean Racine，一六三九—一六九九）

法國古典主義大戲劇家。生於中產家庭。劇本多取材於古希臘羅馬作品。劇本善於刻劃婦女形象，著重人物的心理分析，結構樸素嚴謹，十分善於運用古典主義的寫作原則。

23 高爾史密斯（Oliver Goldsmith，一七三〇—一七七四）

英國作家。生於愛爾蘭貧窮的牧師家庭。作品中常有勸善的說教和濃厚的感傷情調。

24 薛立敦（Richard Brinsley Sheridan，一七五一—一八一六）

英國啟蒙時期傑出的寫實主義戲劇家，政治活動家。所作劇本都是喜劇，最著名的有《情敵》和《造謠學校》，指斥英國上流社會的僞善、淫亂等敗德言行。

25 歌德（Johann Wolfgang von Goethe，一七四九—一八三二）

德國偉大詩人，劇作家、思想家。生於法蘭克福富裕市民家庭。深受盧梭、萊辛和斯賓諾沙著作的影響；和席勒交誼深厚，青年時爲狂飆運動的主要人物。早期重要作品有劇本《葛慈》和書信體小說《少年維特的煩惱》。代表作詩劇《浮士德》，描寫主人翁浮士德一生探求眞理的痛苦經歷，表達了詩人對於人類未來的信心。

26 萊辛（Gotthold Ephraim Lessing，一七二九—一七八一）

德國啓蒙運動時期偉大的思想家，美學家和劇作家。生於牧師家庭。他爲建立德國民族的寫實主義文學和戲劇，清除宮廷貴族的影響和盲目崇拜法國古典主義的傾向，進行了長期的奮鬥。他的理論和劇作，體現反抗貴族暴虐統治、反對宗教干涉科學、保衛信仰自由的民主主義精神，對德國文化發展，有著重大而深遠的影響。

27 **席勒**（Johann Christoph Friedrich von Schiller，一七五九—一八〇五）

德國大詩人，劇作家。生於醫生家庭。他的詩作，對十八世紀末、十九世紀初的青年有重大影響。他的劇作，則表現對專制暴政和封建桎梏的反抗精神，具有巨大的社會意義。

28 **傀儡家庭**（A Doll's House）

易卜生作。寫一女子娜拉，爲救她丈夫，不惜假借父名借錢以充旅費。後來丈夫得救，卻不能諒解她假冒簽字的苦心，反而斥責她。娜拉失望之餘，因此看穿男人的自私與家庭的黑幕，決心離去做一個獨立的人，不願永遠做丈夫的傀儡。此劇被公認爲社會問題劇的典型之作，對女權運動的啟發也有很大的貢獻。

29 國民公敵（An Enemy of People）

易卜生所作戲劇之一。寫醫生司鐸爾發現本地浴場有傳染病菌，對浴客有害，乃向當局建議改良。但這番好意反被自私的「社會棟梁」及盲目的群眾所反對，因改良須花錢，又影響村民生活，因此被視爲「國民公敵」，但他並不灰心，堅信：世間最堅強有力的人，就是那孤獨的人。

30 王爾德（Oscar Wilde，一八五六—一九〇〇）

英國唯美主義作家。生於醫生家庭。曾在牛津大學讀書，受過拉斯金的影響。承認社會的不合理，認爲唯一出路是加強審美修養，提出「爲藝術而藝術」的主張，斷言藝術不受道德的支配。劇作《莎樂美》，宣揚唯美主義的享樂思想。

31 霍普特曼（Gerhat Hauptmann，一八六二—一九四六）

德國著名劇作家。生於旅館商人家庭。青年時代，和一般平民及當時的社會民主黨人接觸，因而創作了以罷工爲主題，富有現實意義的優秀劇本《織工們》。早期著名劇本《日出之前》，批判當時社會的不合理現象，是德國自然主義戲劇的代表作品。

32 史特林堡（Johan August Strindberg，一八四九—一九一二）

瑞典小說家，劇作家。生於商人家庭。八十到九十年代，受尼采思想影響，作品帶有自然主義和神祕色彩。反對婦女解放，認爲貴族精神勝過群眾的力量。後來在工人運動影響下，逐漸回復民主主義的思想。

33 蕭伯納（George Bernard Shaw，一八五六—一九五〇）

英國大戲劇家，評論家。生於愛爾蘭的都柏林。一生共寫了五十多部劇本、五部小說和其他著作多種。大都揭露社會的僞善和罪惡，並對侵略政策表示憤恨。

34 王國維（一八七七—一九二七）

近代著名學者。字靜安，一字伯隅，號觀堂，浙江海寧人。早年學習哲學、文學，深受德國叔本華等哲學思想和文藝思想的影響。一九〇七年起，任學部圖書館編輯，從事中國戲曲史和詞曲的研究，很有成績，著有《曲錄》、《宋元戲曲考》、《人間詞話》等。其重視小說、戲曲在文學上的地位，開創了戲曲史研究的風氣，對文藝界有很大影響。有《王靜安先生遺書》。

35 張衡（七八－一三九）

東漢傑出科學家、文學家。字平子，南陽西鄂（今河南南陽）人。曾兩度擔任執管天文的太史令。精通天文曆算。文學作品〈兩京賦〉很著名，突破鋪寫京都的常軌，敘述許多民情風俗。〈西愁詩〉、〈同聲歌〉富有創造精神，在詩歌發展史上都有較高的價值。

36 西京賦

賦篇名。東漢張衡作。為〈兩京賦〉中的一篇，詳述西京長安的政治形勢、物產以及文化生活等盛況，反映出漢代繁盛富康。

37 董解元

金代詞曲家。其生卒年及名號、籍貫都不詳，約章宗時人。解元是當時讀書人的通稱。以作《西廂記諸宮調》而著名。

38 **弦索西廂**

又名《西廂記諸宮調》或《西廂搊彈詞》，通稱《董西廂》。諸宮調作品名。金代董解元作。取材於唐代元稹《鶯鶯傳》，情節上有進一步的發展和創造，突出了鶯鶯、張生、紅娘與老夫人間的矛盾；並以張生和鶯鶯團圓結束。全書成功地塑造了幾個典型性的人物形象，想像豐富，語言優美，對元代王實甫的《西廂記》有極其重要的影響。

39 **王實甫**（約生於一二三四年以前）

元朝大都人，工樂府，所著《西廂記》一書，藝術價値之高爲北曲第一。生平所作劇本凡十四種，今只存《西廂記》及另一雜劇《麗春堂》（參看「西廂記」條）。

40 **漢宮秋**

戲曲名。元馬致遠之代表作。此劇係敘漢王昭君遠嫁匈奴的故事，然此劇描寫中心不在昭君而在漢元帝。故事起於匈奴求婚於漢室，元帝使毛延壽往各處搜尋美女，以實後宮。並圖其形，以備臨幸，美女昭君因不肯賄賂延壽，被他在圖上點破而不得臨幸，後延帝偶然見其美貌。問知延壽舞弊，欲斬之，延壽逃往匈奴，說單于以王嬙以和親。後昭君投水而死，匈奴將延壽送回漢廷治罪，全劇便結束了。

41 太和正音譜

明朱權所作。全書二卷，對戲曲貢獻很大。

第五章 散 文

廣義地說，除了韻文之外，一切都是由散文寫成的。散文可以不受任何拘束，盡量發揮自己的意見。以性質來分，散文不外乎議論、記敘、抒情和描寫四種。「議論」是說明自己的見解，偏於主觀的。「記敘」可依時間的先後來寫，也可追寫。「抒情」的範圍最廣，最能動人的無過於悲感的抒發。「描寫」則以眞實爲主。

一、散文的內容

「essay」這個字雖然是論說文的意思，但我們現在將表現個性的文章都稱爲「essay」了。這個觀念倡始於十六世紀的一位法國作家蒙田[1]，他說：「我就是我的書」，他的兩冊《蒙田論文集》就是記載他對生活的觀感。因此，後世就有一種「familiar essay」，可以稱作抒情的散文。「essay」可長可短，可莊可諧，無論是哲學、政治、社會、教育的問題，宗教思想，文學藝術的見解，旅途情況，人類罪惡的諷刺，這種種作者各有所見，都可用「essay」來表達。

寫作的初步工作在於怎樣構思，怎樣安排；所以在未動筆之前，須先布置如何開始，如何發揮，如何結束。然後再注意辭句的修飾，單字的選擇。文章的目的是要使旁人相信自己的話，所以要以「動人」爲主，議論文須證據充足，發揮暢達，不必以文字的美來取勝。記敘文須條理清楚，層次分明。抒情方面我們常用對照的方法，或以昔之盛與今之衰相比，或以溫馨來襯映凄涼，不外乎時間、空間與事務三方面的對比，因爲這是最能動人的。描寫景物以逼眞爲主，可作正面的描寫，也可作側面的襯托，有時可用比喻來描寫，譬如說「身輕如燕」、「健步如飛」，可以使景物格外生動，但比喻必須要貼切而適當。總之，文章並無一定的法則可講，多讀名家作品，細加揣摩；學問有了修養，生活有了體驗，所謂「文氣」、所謂「風格」以及「結構」、「造句」，都可豁然開朗，寫作自也精進了。所以多讀多揣摩，實在是不二的法門。

還有幾種也是屬於散文的範圍：

第一是「biography」和「autobiography」，前者是傳記，由第三者寫出某人的人生；後者是自傳。這一類的作品，如包斯威爾[2]的《詹森傳》，德．昆西[3]的《一個鴉片癮者的告白》[4]。寫傳記和自傳，或以年代爲標準，或以論題爲綱領，也有以重要事件爲先後順序的。

第二是書信與日記（letter and diary），這一類的作品很多是富有價值的，尤其日記更可反映個人與時代的種種。

第三是歷史，這雖然是過去事實的記載，但需要散文技巧的輔助。馬可梨[5]是一位歷史家，他用美麗而淺顯的文字，把乾燥的歷史寫成有趣味的書；我們讀《史記》，雖然是要知道歷史，同時也可揣摩太史公文章的技巧。

第四是批評（criticism），這類作品的先決條件必須是博覽群籍，像哈茲里德[6]，一方面由於他的淵博成爲一個批評家，一方面由於他的文字生動也是一位散文家。中國批評的專書很少，《詩品》[7]和《文心雕龍》是論詩的，而且是用散文寫的。

二、散文的歷史

西洋古代散文是無足輕重的，十六世紀之前，散文還在草創時期。法國的蒙田可以說是近代散文之祖，他的作品由培根[8]介紹到英國，培根是伊莉莎白時代唯一的散文家，他具有廣泛的知識，不但精於文學，而且懂得政治、法律、哲學。他的名著《培根論文集》是和蒙田的作品相類的。

十八世紀初期，英國的兩大散文家是司提爾[9]和愛迪生[10]。他們起先合辦一種刊物「Tatler」，獲得非常成功。這個刊物停刊之後，他們又出版一種日報「Spectator」，這裡面的文字，以「Sir Roger de Coverley」一篇爲最有名，描寫一個鄉下紳士和他的朋友、僕役等，含有諷刺意味。這時期散文已經不僅是報告和教訓，而是讓作者有一個發揮意見的機會。十八世紀中的一大散文家是詹森[11]，他是古典派的作家，著作極富，他辦了一個定期刊物「Rambler」。他最好的作品是一篇〈詩人傳〉。他的文友——也是這時代的散文家——吉朋[12]的代表作是歷史性的《羅馬帝國興亡史》[13]，柏克[14]的代表作是討論政治的「Speach On Concillation with American」。

十九世紀英國散文也有了新的開展，蘭姆[15]的《葉里亞隨筆》使得散文變成和抒情詩一樣的具有伸縮性，嚴肅樸實，悲憤詼諧，兼而有之，獲得散文最高的成就。他和胞妹合著的《莎士比亞戲劇故事》在中國非常普遍，差不多每個學習英文的人都讀過的。此外如哈茲里德、德．昆西、卡萊爾[16]、拉斯金[17]，都是這時散文的巨擘。

中國上古文字是奇偶並用的，尤其注意用韻，便記誦，並無駢散的分歧。〈離騷〉的產生，開儷體之先聲，予後世文體很大的影響。〈離騷〉和漢賦詞采華麗，一反《詩經》的樸實。其實散文雖是自由發揚，但也要注意聲調的抑揚、辭句的精彩，不過沒有駢文那樣莊重了。漢代一方面繼承周、秦駢散夾雜的風格，一方面兩者卻在逐漸的分歧。兩漢的作風是不同的：西漢文章渾樸自然，散重於駢；西漢末揚雄[18]的作風，已經具有駢文的形體了。這時的一部散文巨著是司馬遷的《史記》，它不但是一部偉大的史書，而且文筆瑰麗，變化萬端，後世許多散文家都從《史記》裡悟出了寫作的法則。東漢文章就整齊華麗，班固的《漢書》是趨尚駢儷的，和《史記》成為兩部駢散對峙的巨作。

魏、晉、南北朝是唯美主義的時代，當時文人只注重聲調鏗鏘，辭句綺麗，重形而輕質，只知堆砌造作，不解抒寫情思，文風變成淫靡疲弊了。散文方面值得注意的就是當時別創一格的陶淵明，他的詩文和當時綺麗的文章大相逕庭，散文如〈五柳先生傳〉、〈桃花源記〉都很清新。

唐初雖然有陳子昂[19]提倡樸實的詩文，但初唐四傑[20]還是不脫六朝的纖麗。等到「文起八代之衰」的韓愈[21]出來揭起了復古的旗幟，散文才得到新生的機會。可是到晚唐，李義山[22]的四六駢文又趨盛行了。所以唐代還是駢散平行的。韓昌黎反對淫靡的駢體提倡「文以載道」，以繼承孔、孟的道統自命。和他同時的柳宗元，也是同樣的主張，但韓文多爲理論，柳文多爲記敘，山水遊記尤爲精妙。

韓、柳倡導的古文運動由於繼起無人，到晚唐，綺豔的四六文章又成爲流行的文體，重複統治了文壇。可是由於韓、柳的文學運動，唐代產生了許多雋妙的散文，如柳宗元的山水遊記，白樂天、元微之的信札。元、白的實用文學觀念，認爲詩文爲時爲事而作，自然也是受「文以載道」的影響。直到宋代歐陽修[23]繼起，更有曾鞏[24]、王安石[25]、三蘇[26]的擁護，終使散文發揚光大。歐文包容極廣，超越一切，曾、王、三蘇均出他的門牆，卻是遠宗韓、柳，近法歐陽的。宋代散文如此風靡，半由政治力量的推動，因爲朝廷取士是用散文的。韓、柳、歐陽、曾、王、三蘇世稱唐、宋古文八大家。

由宋歷金、元而至明代，駢文逐漸失勢了。明代駢文終於沒落，散文統治了當時的文字。但弊病在於盲目的模擬古人，所謂「前七子[27]」、「後七子[28]」的李夢陽和李攀龍輩都是摹古健將，力追秦、漢。比較有價値的算是歸有光[29]，以及和他齊名的王愼中、唐順之三人，他們都宗法唐、宋，歸有光從《史記》裡領悟了文章的訣竅，予後世散文很大的影響。嘉靖以後，國運日非，文字也隨之而衰了。

清代文學集前朝之大成，人才眾多，作品豐富。這是由於時代的昇平和帝王的愛好，康熙、乾隆都是獎勵文學的。駢、散文在清代各有千秋，相互爭輝。乾、嘉之際，駢文家最著的是洪亮吉[30]，他甚至論經學也用駢文。汪中[31]更天才卓越，文章清麗。以後的駢文家如梅曾亮[32]、阮元[33]、王闓運[34]、李慈銘[35]等自遠不及汪中了。清代的散文全是桐城[36]、陽湖[37]兩派的勢力。方苞[38]、劉大櫆[39]倡之於前，姚鼐繼之於後，於是桐城派（方、劉、姚皆籍桐城）的古文成爲標準的散文了。更有曾國藩[40]、吳汝綸[41]、薛福成[42]爲之發揚，桐城文得能延至清末而不衰；不僅乾、嘉之際盛行的駢文爲它所壓服，就是惲敬、張惠言陽湖派古文也不能和它相頡頏。桐城文是一種條理分明，規律謹嚴的散文；好處是平易通順，但因爲格律義法限制太嚴，束縛作者的發揮，流弊所及，就不免失之空疏，終於因爲不能適應時代的需要，逐漸由衰而絕了。

新文學的發展，歷史雖然很短，但是一重大的轉變，推翻了數千年沿用的古文，用白話來寫作一切。民國六年胡適之、陳獨秀發表的文學革命言論隨著五四運動而擴大，雖然有林琴南以及其他守舊派的反對，終於因爲時代的需要而確立了它的基礎。現代中國文壇全是白話文的天下了，完全是我手寫我口。近代散文有很好的成績，如俞平伯、朱自清、蘇雪林小品文的沖淡，梁實秋尖刻，徐志摩輕快曼豔。

我們要知道每一時代有每一時代的文學，如果只知模擬古人，迷戀過去，是不會有偉大收穫的。我們要隨著環境的進展，用時代的工具來表現時代的意識。新文學運動的起來，實在由於近代商業發達、教育普及，白話文正有迫切的需要，同時受到西洋語體文的影響，古文的缺點大露，所以一經胡、陳提倡便立刻風行了。

注釋

1 **蒙田**（Michel de Montaigne，一五三三—一五九二）

法國文學家。是文藝復興期的一個和善的哲學家，寬恕、慈善、溫順、文明，是他論文的情調，他的論文就是他自己。他曾說「It is myself I Protray」（我就是我的書），包含了所有人間的經驗，表白出世界上一個和善人的全部心靈，他是一個舊教徒，在當時新舊教徒互相逼害時，他並不偏袒任何一方，他盡力去庇護兩方面的人。他隨筆式的論文集三卷，給後人很大的啟發。

2 **包斯威爾**（James Boswell，一七四〇—一七九五）

英國的律師。生於蘇格蘭。以巨著《詹森傳》（Life of Johnson，一七九一年出版）聞名。自二十三歲認識詹森後，成爲詹森主持的The Club的一員；又時常與詹森一起旅行，記錄詹森的言行舉止。在一七八四年詹森去世後，以詳細的記錄資料爲基礎，加上對詹森的欽佩，以及作者本身的明晰頭腦，完成的《詹森傳》在傳記文學中贏得普遍的讚揚。

3 **德·昆西**（Thomas De Quincy，一七八五—一八五六）

英國評論家。生於曼徹斯特，開始在中學肆業，中途逃亡，放於威爾斯、倫敦，渡黑暗的生活。其後雖進入牛津大學，但卻又染上吸食鴉片的惡習，沒有卒業便退學。一八〇七年構居於格拉斯米耳與所謂湖畔詩人一派相往來。他的著作以自敘傳記《一個鴉片癮者的告白》爲著。

4 **一個鴉片癮者的告白**（The Confession of An English Opinion Eater）

德·昆西所作自敘傳（參看「德·昆西」條）。

5 **馬可梨**（Thomas Babington Macaulay，一八〇〇—一八五九）

英國評論家，歷史學家。學於劍橋大學，一八二五年發表〈彌爾頓評論〉而出名，三十一歲爲國會議員，爲筆舌雙能之政治家，一八三四年至一八三八年遊法並任職印度回英後得爵位。他的評論中最重要的有〈彌爾頓〉、〈準孫〉、〈愛迪生〉、

〈腓特烈大帝〉、〈王政復古時代的詩家〉等，〈英國史〉及〈羅馬史〉等也極重要。

6 哈茲里德（William Hazlitt，一七七八—一八三〇）

英國的批評家。英國浪漫主義批評的主將。初志向牧師，後來受柯爾勒律治的影響而轉向文學。強調藝術作品的趣味性，與柯爾勒律治重視作品的道德性迥異。又隨筆爲其文學特色之一。

7 詩品

詩論。南朝梁鍾嶸作。全書三卷。此書專論五言詩，將漢至梁較有成就的詩歌作家，別其等第，分爲上中下三品，故稱《詩品》。又因品第之外，再就作品論其優劣，故又有「詩評」之稱。

8 培根（Francis Bacon，一五六一—一六二六）

英國政治家、法律家、哲學家及文學家。先入劍橋修法學，後任議員，升大法官，授子爵。他的知識範圍極爲廣博，存在於當時的學問，他無所不知。作品可以分作哲學、文學、法律三大類。

9 司提爾（Richard Steele，一六七二—一七二九）

英國評論家。與愛迪生是同學。在當時的散文壇，是一時的指導者。著作評論外還有一些喜劇。

10 愛迪生（Joseph Addison，一六七二—一七一九）

英國散文作家。生於鄉村牧師家庭。與司提爾合辦《閒話報》和《旁觀者》等諷刺刊物。所寫散文多以社會風俗，和日常生活爲題材，文體優雅。

11 詹森（Samuel Johnson，一七〇九—一七八四）

英國作家，批評家。父親是書商，家境貧困。曾創辦《漫遊者》、《懶散者》等刊物，並曾獨力編纂第一部《英語辭典》。作品包括散文、哲理詩、諷刺文、悲劇、小說評論等。

12 **吉朋**（Edward Gibbon，一七三七—一七九四）
英國歷史家，他的名著是《羅馬帝國興亡史》、文學研究論和自傳等。

13 **羅馬帝國興亡史**（Decline and Fall of Romon Empire）
英國歷史學家吉朋所作，歷時十餘年成。

14 **柏克**（Edmund Burke，一七二九—一七九七）
英國評論家。他的著作以《法國革命論》及《壯美與優美之研究》最著名。

15 **蘭姆**（Charles Lamb，一七七五—一八三四）
英國散文家。筆名葉里亞（Elia）。出身貧苦，創作上接近浪漫主義。主要作品有《葉里亞隨筆》，同情窮人，但帶有感傷情調。

16 **卡萊爾**（Thomas Carlyle，一七九五—一八八一）
英國作家，歷史家，哲學家。批評資本主義制度，對貧富不均現象表示不滿，認為「現金王國」的出現，是社會貧困的根源。

17 拉斯金（John Ruskin，一八一九—一九〇〇）

英國文學家、美術批評家兼社會改良論者。家教嚴謹，及長入牛津大學，以文才見長，一八四三年發表不朽之作《近代畫家論》，同時潛心於建築的研究，著有《建築的七盞燈》、《威尼斯之石》。此後受卡萊爾影響，傾心於改良社會，完全由藝術批評轉而為熱忱的社會改良者。他的美術批評的特色，在著重於人類和自然兩相契合之點，而他的美學則完全建立在道德的基礎上。

18 揚雄（西元前五三—後十八）

西漢著名哲學家、辭賦家。字子雲，蜀郡成都（今屬四川）人。為人口吃不能遽談，以文章名世。早年所作〈長楊賦〉、〈甘泉賦〉，在形式上模仿司馬相如的〈子虛賦〉、〈上林賦〉等，並與之齊名。但後來薄詞賦為「雕蟲篆刻」、「壯夫不為」，轉而研究哲學。仿《論語》作《法言》，仿《易經》作《太玄》。著作除《法言》、《太玄》、《方言》外，有《揚子雲集》。

19 **陳子昂**（六六一—七〇二，一作六五六—六九五）

唐代傑出文學家。字伯玉，梓州射洪（今屬四川）人。少任俠。舉光宅進士，拜麟臺正字，轉右拾遺。直言敢諫，力陳時弊。曾隨武攸宜討契丹。後解職回鄉，為縣令段簡所誣，入獄，憂憤而死。於詩提倡漢魏風骨，強調興寄，反對六朝柔靡文風，要求作品具有思想內容。所作〈感遇〉、〈登幽州臺歌〉等詩，指斥時弊，抒寫悲憤，內容充實，風格高峻，是唐代詩歌革新的先驅，對唐詩發展影響很大。散文質樸有力，富於政治內容。有《陳拾遺集》。

20 **初唐四傑**

初唐詩人王勃、楊炯，盧照鄰、駱賓王他們的作品雖還殘留看齊、梁以來的綺麗習氣，但題材較廣泛，風格也較雄偉，對唐代詩風的轉變起了先驅作用。合稱「王楊盧駱」。

21 **韓愈**（七六八—八二四）

唐代散文家、詩人、哲學家。字退之，鄧州南陽（今屬河南）人，世稱韓昌黎。

貞元進士，因諫阻憲宗迎佛骨，貶爲潮州刺史，後官至吏部侍郎。謚文。性耿直自負，喜獎掖後進。政治上反對藩鎭割據，思想上尊儒排佛。力反六朝以來的淫靡文風，排擠駢偶。認爲形式必須適合內容的需要，提倡散體，領導了當時的古文運動。其散文在繼承秦漢古文基礎上，加以創新和發展，論證周密，氣勢雄健，有不少諷刺時弊的優秀作品。其詩力求新奇，反對陳言，以文入詩，但有時流於險怪。有《韓昌黎集》。

22 李義山（八一二—約八五八）

唐代傑出詩人。名商隱，字義山，懷州河內（今河南沁陽）人。開成進士。因受牛李黨爭影響，受人排擠，終身潦倒。詩歌擅長律、絕。其詩富於文采，構思精密，抒寫感情，細緻深刻，具有鮮明的藝術特色。但因過於追求辭藻，鋪排典故，意旨隱晦，情調感傷，對後世也起過不良影響。有《李義山集》。

23 歐陽修（一〇〇七—一〇七二）

北宋傑出文學家。字永叔，號醉翁、六一居士，廬陵（今江西吉安）人。天聖進士，曾任樞密副使、參知政事。謚文忠。爲官正直敢言。主張文學應重實用，重視內容，反對浮靡，並積極培養後進，是北宋詩文革新運動領袖。所作散文有豐富的政治內容。說理透澈，抒情委婉。詩歌風格與其散文近似，語言流暢自然。其詞婉麗，承襲南唐餘風，格調較高。有《歐陽文忠集》。

24 **曾鞏**（一〇一九—一〇八三）

北宋著名散文家。字子固，南豐（今屬江西）人。嘉祐進士，官至中書舍人。散文風格樸實，文筆簡潔鋒利，是唐宋八大家之一。有《元豐類稿》。

25 **王安石**（一〇二一—一〇八六）

北宋傑出的政治家、文學家、思想家。字介甫，號半山，臨川（今江西臨川）人。仁宗時進士。仁宗嘉祐三年（一〇五八）上萬言書，主張改革政治。神宗熙寧二年（一〇六九）被任爲參知政事，次年拜相厲行變法，以期富國強兵。由於保守派反對，且用人不當而失敗。後罷相。晚年退居江寧（今江蘇南京）。封荊國公，世稱荊公，卒謚文。所作詩文險峭奇拔，自成一家。散文爲「唐宋八大家」之一。其政論揭露時弊，簡鍊有力；詩歌也能反映社會現實，頗多佳作；詞雖不多而風格高峻。

26 三蘇

宋代文學家蘇洵和其子蘇軾、蘇轍的並稱。他們皆工散文。洵稱老蘇，軾稱大蘇，轍稱小蘇。其中蘇軾的成就最大，在詩、詞、文各方面都有重要地位。

27 前七子

明代文學家李夢陽、何景明、徐禎卿、邊貢、康海、王九思和王廷相的並稱。文學的主張強調「文必秦漢，詩必盛唐」重視模擬，成為一個流派。這在當時雖具有反臺閣體的積極意義，但也形成了嚴重的擬古風氣。

28 後七子

明代文學家李攀龍、王世貞、謝榛、宗臣、梁有譽、徐中行和吳國倫的並稱。他們繼承前七子的擬古主張，相互標榜，聲勢很盛，以致模擬成風，產生一些影響。

29 歸有光（一五〇六—一五七一）

明代著名文學家。字熙甫，昆山（今屬江蘇）人。人稱震川先生。嘉靖進士，官至南京太僕寺丞。重視唐宋文，於歐陽修尤爲推重。與王慎中、唐順之、茅坤等被稱爲唐宋派。所作散文，以樸素的文筆寫瑣細之事，抒眞摯之情，頗有感染力，但時露八股文習氣。其散文對清代桐城派影響很大。作詩不刻意求工，頗具清新純樸的特色。有《震川集》。

30 洪亮吉（一七四六—一八〇九）

清代經學家、文學家。字稚存，號北江，江蘇陽湖（今武進）人。乾隆進士，授編修。以批評朝政，流放伊犁，不久赦還。兼通經史及音韻訓詁之學，工駢文。寫景抒情，清新委婉。也有論學之作。又工詩，與詩人黃景仁友善。有《洪北江全集》。

31 汪中（一七四四—一七九四）

清代著名經學家、文學家、史學家。字容甫，江蘇江都（今揚州）人。少孤貧好學，三十四歲爲貢生，後即不再應舉。曾助書賈販書，因遍讀經史百家之書，卓然成家。擅辭藻，工駢文。詩風樸茂，自成一格。尤精史學，嘗博考先秦圖書，研究古代學制興廢，頗具見地。其對理學和一些權威的挑戰，是清初啟蒙思想的繼承和發展。有《述學》內外篇、《容甫先生遺詩》等。

32 梅曾亮（一七八六—一八五六）

清代散文家。字伯言，江蘇上元（今南京）人。道光進士，官至戶部郎中。少喜駢文，後專力爲古文，師事姚鼐，與管同齊名，爲桐城派後期重要作家。所作大率爲書序碑傳一類文字。行文洗鍊，章句明飭，亦能詩。有《柏梘山房集》。

33 阮元（一七六四—一八四九）

清代著名學者、文學家。字伯元，號蕓台，江蘇儀徵人。乾隆進士，諡文達。曾在杭州創立詁經精舍，在廣州創立學海堂，提倡樸學者從事編書刊印工作。論文重文筆之辨，以用韻對偶者爲文，無韻散行者爲筆，於古文頗致不滿。有《揅經室集》。

34 **王闓運**（一八三二—一九一六）

清代著名文學家。字壬秋，又字壬父，湖南湘潭人。咸豐舉人。太平天國之亂，曾依曾國藩於軍中，後講學四川等地。辛亥革命後任清史館館長。治《詩》、《禮》、《春秋》，宗法公羊，對清末今文學派頗有影響。詩文模擬漢魏六朝，爲晚清擬古派所推崇。門人輯其詩文爲《湘綺樓全集》。

35 **李慈銘**（一八三〇—一八九五）

清代文學家。字悉伯，號莼客，浙江會稽（今紹興）人。光緒進士，官至山西道監察御史。性狂傲。通經史百家，工詩及駢文，詩宗唐音，但也不廢兩宋。室名越縵堂。著述以《越縵堂日記》最著名。

36 **桐城派**

清代散文流派。方苞所開創，劉大櫆、姚鼐等又進一步加以發展。因他們都是安徽桐城人，故名。他們主張學習《左傳》、《史記》和唐宋八大家的古文，講究「義法」，提倡「義理、考據、詞章」三者並重，要求語言「雅潔」。但復古主義和形式主義的傾向較爲嚴重，在清代影響很大。

37 陽湖派

清代散文流派。惲敬、張惠言等所開創。惲爲常州陽湖人，後繼者亦多同縣人，故名。他們原是桐城派劉大櫆的再傳弟子，但不滿桐城派古文的清規戒律，作文取法儒家經典，而又參以諸子百家之書，故文風較爲恣肆。又喜作駢文，語言工麗。這兩派雖在形式上有所不同，而內容都較爲貧乏。

38 方苞（一六六八—一七四九）

清代著名散文家。字靈皋，號望溪，安徽桐城人。康熙進士，官至禮部右侍郎。曾因戴名世《南山集》案牽連入獄。論文提倡「義法」，以《左傳》、《史記》爲準則，推崇韓、柳，力求雅潔，爲桐城派創始人。所作散文，多爲經說及書序碑傳之屬，立論大抵本程、朱學說。有《望溪全集》。

39 劉大櫆（一六九八—一七七九）
清代散文家。字才甫，一字耕南，號海峰，安徽桐城人。官黟縣教諭。提倡古文，師事方苞，又爲姚鼐所極度推崇，成爲桐城派主要作家。論文重神氣，講究音節、字句。所作散文，除闡發儒家思想外，並有不少應酬文字。部分山水小品，風格清峻。有《海峰文集、詩集》。

40 曾國藩（一八一一—一八七三）
清湘鄉人。字伯涵，號滌生。道光進士。同治年間，平太平軍，爲清廷所重，倚爲功臣。官任兩江總督而卒，贈太傅，諡文正。國藩學宗程、朱。有《曾文正公全集》。

41 吳汝綸（一八四〇—一九〇三）
清代散文家。字摯甫，安徽桐城人。同治進士，官冀州知府。後充京師大學堂總教習。曾師事曾國藩，又與李鴻章關係密切。論文推崇桐城，但作品氣勢較爲縱肆。有《桐城吳先生全書》。

42 薛福成（一八三八—一八九四）

清代散文家。字叔耘，號庸庵，江蘇無錫人。同治副貢，曾爲曾國藩幕僚。後充出使英法義比四國大臣。是洋務派中具有改良主義思想的代表人物。論文原主桐城派，後擺脫桐城義法束縛。散文頗多評論時政之作，文筆平易曉暢。有《庸庵全集》。

書名索引

八畫

九畫

十畫

十一畫

十二畫

十三畫

人名索引

二畫

三畫

四畫

五畫

六畫

七畫

八畫

九畫

十二畫

十三畫

掌中書 027

文學入門

作　　者 ── 顧仲彝
發 行 人 ── 楊榮川
總 經 理 ── 楊士清
總 編 輯 ── 楊秀麗
本書主編 ── 蘇美嬌
封面設計 ── 姚孝慈
出 版 者 ── 五南圖書出版股份有限公司
地　　址 ── 台北市大安區 106 和平東路二段 339 號 4 樓
電　　話 ── 02-27055066（代表號）
傳　　真 ── 02-27066100
劃撥帳號 ── 01068953
戶　　名 ── 五南圖書出版股份有限公司
網　　址 ── https://www.wunan.com.tw
電子郵件 ── wunan@wunan.com.tw
法律顧問 ── 林勝安律師
出版日期 ── 2024 年 3 月初版一刷
定　　價 ── 220 元

國家圖書館出版品預行編目資料

文學入門 / 顧仲彝者 . -- 初版 -- 臺北市：五南圖書出版股份有限公司 · 2024.03
面 ; 公分 . -- (掌中書)
ISBN 978-626-366-642-9 (平裝)

1.CST: 文學

810　　112015844